# TRANZLATY

## El idioma es para todos

## Taal is vir almal

# Las Aventuras de Alicia en el País de las Maravillas

## Alice se Avonture in Wonderland

## Lewis Carroll

## Español / Afrikaans

# Por la madriguera del conejo
### In die konyngat af

**Alicia empezaba a cansarse mucho**
Alice het baie moeg begin word
**Estaba sentada junto a su hermana en el banco de hierba**
Sy het by haar suster op die graswal gesit
**Pero ella no tenía nada que hacer**
maar sy het niks gehad om te doen nie
**Su hermana estaba leyendo un libro**
haar suster lees 'n boek
**una o dos veces Alicia echó un vistazo al libro**
een of twee keer loer Alice in die boek
**Pero el libro no contenía imágenes ni conversaciones**
maar die boek het geen foto's of gesprekke daarin gehad nie
**«¿De qué sirve un libro sin imágenes?», pensó Alicia**
"Wat help 'n boek sonder prente?," dink Alice
**"¿Por qué un libro no tendría conversaciones?"**
"Waarom sou 'n boek geen gesprekke hê nie?"
**Pero tenía otras cosas que considerar**
maar sy het ander dinge gehad om te oorweeg
**"Hacer una cadena de margaritas sería un placer"**
"Dit sal 'n plesier wees om 'n ketting madeliefies te maak"
**"¿Pero vale la pena el esfuerzo de levantarse y recoger las**

margaritas?"
"Maar is dit die moeite werd om op te staan en die madeliefies te pluk??"
**No era tan fácil pensar en esto**
Dit was nie so maklik om aan te dink nie
**porque el día la estaba haciendo sentir somnolienta y estúpida**
want die dag het haar slaperig en dom laat voel
**Pero de repente sus pensamientos se vieron interrumpidos**
maar skielik is haar gedagtes onderbreek
**un conejo blanco de ojos rosados corrió cerca de ella**
'n Wit Konyn met pienk oë het naby haar gehardloop

**No había nada demasiado notable en el conejo**
Daar was niks te merkwaardig aan die haas nie
**y Alicia tampoco pensó que el conejo fuera notable**
en Alice het ook nie gedink dat die haas merkwaardig was nie
**ni le extrañó que el Conejo hablara**
dit het haar ook nie verbaas toe die haas praat nie
**"¡Oh, Dios mío! ¡Llegaré demasiado tarde!", se dijo a sí mismo**
"Ag liewe! Ek sal te laat wees!" het hy vir homself gesê
**pero entonces el Conejo hizo algo que los conejos no hacían**
maar toe doen die Konyn iets wat konyne nie gedoen het nie
**el Conejo sacó un reloj del bolsillo de su chaleco**
die Konyn haal 'n horlosie uit sy onderbaadjie-sak

**Miró la hora y luego se apresuró a seguir adelante**
Hy het na die tyd gekyk en toe verder gehaas
**Alicia se puso en pie, asombrada**
Alice het verbaas opgestaan
**¡Nunca antes había visto un conejo con chaleco!**
Sy het nog nooit 'n haas met 'n onderbaadjie gesien nie!
**¡Tampoco había visto nunca un conejo con reloj!**
sy het ook nog nooit 'n haas met 'n horlosie gesien nie!
**Alicia ardía con una nueva curiosidad**
Alice het gebrand met 'n nuwe nuuskierigheid
**y corrió por el campo tras el Conejo**
en sy hardloop oor die veld agter die haas aan
**Llegó justo a tiempo para ver desaparecer al conejo**
Sy was net betyds om die haas te sien verdwyn
**El conejo saltó a una gran madriguera**
die haas spring af in 'n groot konyngat
**¡En otro momento, Alicia bajó detrás del conejo!**
In 'n ander oomblik het Alice agter die haas aan gegaan!
**La madriguera del conejo seguía recto como un túnel**
Die konyngat het reguit soos 'n tonnel gegaan
**Y el túnel siguió avanzando a cierta distancia**
en die tonnel het vir 'n entjie aangehou
**Y entonces el camino de repente se hundió**
en toe het die paadjie skielik afgesak
**Alicia no tuvo ni un momento para pensar en detenerse**
Alice het nie 'n oomblik gehad om daaraan te dink om haarself
te keer nie
**Se encontró a sí misma cayendo y abajo y abajo**
Sy het gevind dat sy af en af en af val
**Parecía como si hubiera caído en un pozo muy profundo**
dit het gelyk asof sy in 'n baie diep put geval het
**O el pozo era muy profundo, o ella caía muy lentamente**
Óf die put was baie diep, óf sy het baie stadig geval
**porque tenía tiempo de sobra para caer**
want sy het genoeg tyd gehad om te val
**Mientras caía, podía mirar a su alrededor**
Terwyl sy val, kon sy oral om haar kyk

**Primero, trató de averiguar a dónde iba**

Eerstens het sy probeer uitmaak waarheen sy op pad is

**Pero el pozo estaba demasiado oscuro para ver nada**

maar die put was te donker om iets te sien

**Luego miró a los lados del pozo**

toe kyk sy na die kante van die put

**Y se dio cuenta de que había armarios a su alrededor**

en sy het opgemerk dat daar kaste rondom haar was

**y alrededor del pozo había estanterías de libros**

en rondom die put was boekrakke

**Aquí y allá veía mapas y cuadros colgados de perchas**

hier en daar sien sy kaarte en prente wat aan penne gehang
word

**Al pasar, bajó un frasco de una de las estanterías**

Sy haal 'n pot van een van die rakke af toe sy verbygaan

**El frasco estaba etiquetado por su contenido**

Die pot is gemerk vir die inhoud daarvan

**"MERMELADA DE NARANJAS"**

"MARMELADE GEMAAK VAN LEMOENE"

**Pero, para su gran decepción, el frasco de mermelada estaba
vacío**

maar tot haar groot teleurstelling was die marmeladepot leeg

**No quería dejar caer el tarro de mermelada vacío**

Sy wou nie die leë marmeladepot laat val nie

**y su caída fue muy lenta**

en haar val was baie stadig

**Así que se las arregló para poner el frasco de mermelada en
uno de los armarios**

Sy het dus daarin geslaag om die marmeladepot in een van
die kaste te sit

**¡Abajo, abajo, abajo, ella cae!**

Af, af, af val sy!

**¿Llegaría alguna vez la caída a su fin?**

Sou die sondeval ooit tot 'n einde kom?

**No había nada más que hacer**

Daar was niks anders om te doen nie

**así que Alicia pronto empezó a hablar consigo misma**

so Alice het gou met haarself begin praat

**—¡Dinah me echará mucho de menos esta noche, creo!**

"Dinah sal my vanaand baie mis, sou ek dink!"

**Dinah era la gata de Alicia**

Dinah was Alice se kat

**"Espero que se acuerden de su plato de leche a la hora del té"**

"Ek hoop hulle sal haar piering melk tydens teetyd onthou"

**—¡Dinah, querida, desearía que estuvieras aquí abajo conmigo!**

"Dina, my skat, ek wens jy was hier onder by my!"

**Alicia sintió que se estaba quedando dormida**

Alice voel dat sy sluimer

**Y de repente, ¡pum! ¡golpe!**

en dan skielik, dreun! Doef!

**Cayó sobre un montón de palos**

Sy het op 'n hoop stokke geval

**y aterrizó sobre un montón de hojas secas**

en sy beland op 'n hoop droë blare

**Y finalmente la larga caída por el agujero había terminado**

en uiteindelik was die lang val in die gat verby

**Alicia no estaba herida en lo más mínimo**

Alice was nie 'n bietjie seergemaak nie

**Y se levantó de un salto en un momento**

en sy het binne 'n oomblik opgespring

**Alzó la vista, pero todo estaba oscuro sobre su cabeza**

Sy kyk op, maar dit was alles donker bokant haar hoof

**Frente a ella había otro largo pasillo**

Voor haar was nog 'n lang gang

**y el Conejo Blanco seguía a la vista**

en die Wit Konyn was nog in sig

**Corría por el pasillo**

hy haas hom in die gang af

**No había un momento que perder**

Daar was nie 'n oomblik om te verloor nie

**Alicia salió corriendo como el viento**

Alice soos die wind weggehardloop

**A la vuelta de la esquina giró el conejo**

om die draai draai die haas
**Llegó justo a tiempo para oír al conejo**
sy was net betyds om die haas te hoor
**"Oh, mis orejas y bigotes"**
"O, my ore en snorbaarde"
**"¡Qué tarde se está haciendo!"**
"Hoe laat word dit!"
**Estaba muy cerca del conejo**
Sy was naby agter die haas
**Dobló otra esquina**
Sy draai om 'n ander hoek
**pero el Conejo ya no se dejaba ver**
maar die haas was nie meer te sien nie
**Se encontró en un pasillo largo y bajo**
Sy het haarself in 'n lang, lae saal bevind
**La sala estaba iluminada por una hilera de lámparas de techo**
Die saal is verlig deur 'n ry plafonlampe
**Había puertas por todo el pasillo**
Daar was deure oral in die saal
**pero todas las puertas estaban cerradas con llave**
maar al die deure was gesluit
**Caminó por un lado del pasillo**
Sy het al die pad aan die een kant van die saal afgestap
**Y ella había caminado todo el camino hasta el otro lado de la sala**
en sy het al die pad aan die ander kant van die saal geloop
**Había intentado todas las puertas**
Sy het elke deur probeer
**Y caminó tristemente por el centro del pasillo**
en sy stap hartseer in die middel van die saal af
**"¿Cómo voy a volver a salir?"**
"hoe gaan ek ooit weer uitkom?"

**De repente se encontró con una mesita**
Skielik kom sy op 'n tafeltjie
**La mesa estaba hecha completamente de vidrio macizo**
Die tafel was geheel en al van soliede glas gemaak
**No había nada sobre la mesa, excepto una pequeña llave dorada**
Daar was niks op die tafel nie, behalwe 'n klein goue sleutel
**¡La llave podría pertenecer a una de las puertas!**
Die sleutel behoort dalk aan een van die deure!
**Pero, ¡ay! Algunas de las cerraduras eran demasiado grandes para las llaves**
Maar, helaas! Sommige van die slotte was te groot vir die sleutels
**y para las otras cerraduras la llave era demasiado pequeña**
en vir die ander slotte was die sleutel te klein
**Pero, en cualquier caso, la llave no abrió ninguna de las puertas**
maar in elk geval, die sleutel het nie een van die deure oopgemaak nie
**Pero, ¿qué iba a hacer ella?**
maar wat moes sy doen?
**Volvió a atravesar el pasillo**
Sy het weer deur die saal gegaan
**Y esta vez se fijó en una cortina baja**

en hierdie keer het sy 'n lae gordyn opgemerk
**Detrás de la cortina había una puertecita**
Agter die gordyn was 'n deurtjie
**La puerta tenía unos quince centímetros de alto**
Die deur was ongeveer vyftien duim hoog
**Probó la pequeña llave dorada en la cerradura**
Sy probeer die goue sleuteltjie in die slot
**Y para su gran deleite, ¡la llave encajó en la cerradura!**
en tot haar groot vreugde het die sleutel in die slot gepas!
**Alicia abrió la puerta**
Alice het die deur oopgemaak
**Y encontró que la puerta daba a un pequeño pasillo**
en sy het gevind dat die deur na 'n klein gang gelei het
**El corredor no era mucho más grande que una madriguera de ratas**
die gang was nie veel groter as 'n rotgat nie
**Se arrodilló y miró a lo largo del pasillo**
Sy kniel neer en kyk langs die gang
**Y ella vio el jardín más hermoso que jamás hayas visto**
en sy het die mooiste tuin gesien wat jy nog ooit gesien het
**¡Cómo anhelaba salir de ese oscuro salón**
hoe sy verlang het om uit daardie donker saal te kom
**cómo quería vagar entre esas flores brillantes**
hoe sy tussen daardie helder blomme wou dwaal
**¡Qué genial se veían esas fuentes**
Hoe koel het daardie fonteine gelyk
**Pero ni siquiera podía meter la cabeza por la puerta**
maar sy kon nie eers haar kop deur die deuropening kry nie
**-¡Oh! -exclamó Alicia con tristeza-**
"O," sê Alice, treurig
**"¡Cómo desearía poder plegarme como un telescopio!"**
"hoe wens ek ek kon soos 'n teleskoop opvou!"
**"Creo que podría plegarme como un telescopio"**
"Ek dink ek kan soos 'n teleskoop opvou"
**"Si supiera cómo empezar"**
"as ek net geweet het hoe om te begin"
**Alicia volvió a la mesa**

Alice het teruggegaan na die tafel
**Existía la posibilidad de encontrar otra llave**
daar was die kans om nog 'n sleutel te vind
**O podría haber un libro de reglas**
of daar is dalk 'n boek met reëls
**El libro podría decirle cómo plegarse como un telescopio**
Die boek kan haar vertel hoe om soos 'n teleskoop op te vou
**Esta vez encontró una botellita**
Hierdie keer het sy 'n botteltjie gekry
**—Esta botella no estaba aquí antes —dijo Alicia—**
"hierdie bottel was beslis nie voorheen hier nie," sê Alice
**y atada alrededor del cuello de la botella había una etiqueta
de papel**
en om die nek van die bottel vasgemaak was 'n papieretiket
**La etiqueta estaba bellamente impresa en letras grandes**
Die etiket is pragtig in groot letters gedruk
**"BÉBEME"**
"DRINK MY"
**—No, miraré primero —dijo ella—**
"Nee, ek sal eers kyk," het sy gesê
**"Veré si la botella está marcada como venenosa o no"**
"Ek sal kyk of die bottel as giftig gemerk is of nie,"
**porque nunca olvidó la lección sobre el veneno**
Omdat sy nooit die les oor gif vergeet het nie
**"Si una botella está etiquetada como venenosa, es probable
que no esté de acuerdo contigo"**
"As 'n bottel as giftig bestempel word, sal dit beslis nie met jou
saamstem nie"
**Sin embargo, esta botella no estaba marcada como venenosa**
Hierdie bottel is egter nie as giftig gemerk nie
**así que Alicia se aventuró a probar el contenido de la botella**
so Alice het dit gewaag om die inhoud van die bottel te proe
**Encontró el líquido bastante de su agrado**
Sy het die vloeistof heeltemal na haar smaak gevind
**La bebida tenía una especie de sabor mezclado**
Die drankie het 'n soort gemengde geur gehad
**tarta de cerezas, natillas y piña**

kersie-tert, vla en pynappel
**Pavo asado, caramelo y tostadas con mantequilla caliente**
gebraaide kalkoen, toffie en roosterbrood met warm botter
**Y pronto acabó la botella**
en sy het gou die bottel klaargemaak
**-¡Qué sensación tan curiosa! -exclamó Alicia-**
"Wat 'n eienaardige gevoel!" sê Alice
**"¡Me estoy pliegando como un telescopio!"**
"Ek vou op soos 'n teleskoop!"
**¡Y se estaba pliegando como un telescopio!**
En sy het inderdaad soos 'n teleskoop opgevou!
**Ahora solo medía diez pulgadas de alto**
Sy was nou net tien sentimeter hoog
**y su rostro se iluminó con sus pensamientos**
en haar gesig het opgehelder by haar gedagtes
**Ahora ella tenía el tamaño adecuado para la pequeña puerta**
nou was sy die regte grootte vir die deurtjie
**Ahora podía entrar en ese hermoso jardín**
Nou kon sy in daardie lieflike tuin ingaan
**Pronto dejó de hacerse más pequeña**
gou het sy opgehou om kleiner te word
**Decidió ir al jardín de inmediato**
Sy het besluit om dadelik die tuin in te gaan
**pero, ¡ay de la pobre Alicia!**
maar, helaas, vir die arme Alice!
**Llegó a la puerta**
Sy het by die deur gekom
**Pero había olvidado la pequeña llave de oro**
maar sy het die klein goue sleutel vergeet
**Volvió a la mesa en busca de la llave**
Sy het teruggegaan na die tafel vir die sleutel
**Pero se dio cuenta de que no podía llegar lo suficientemente alto**
maar sy het gevind dat sy nie hoog genoeg kon reik nie
**Podía ver la llave claramente a través del cristal**
sy kon die sleutel baie duidelik deur die glas sien
**Trató de trepar por las patas de la mesa**

Sy het probeer om teen die bene van die tafel op te klim
**Pero el cristal era demasiado resbaladizo**
maar die glas was heeltemal te glad
**Con el tiempo se cansó de intentarlo**
Uiteindelik het sy haarself moeg gemaak om te probeer
**Y la pobre niña se sentó y lloró**
en die arme dogtertjie gaan sit en huil
**Alicia se habló a sí misma con bastante brusquedad**
Alice het taamlik skerp met haarself gepraat
**"¡Vamos, no sirve de nada llorar así!"**
"Kom, dit help nie om so te huil nie!"
**"¡Te aconsejo que te detengas ahora mismo!"**
"Ek raai jou aan om dadelik op te hou!"
**En general, se daba muy buenos consejos**
Sy het haarself oor die algemeen baie goeie raad gegee
**aunque muy rara vez seguía sus propios consejos**
hoewel sy baie selde haar eie raad gevolg het
**Y a veces era demasiado dura consigo misma**
en sy was soms te hard op haarself
**y sus palabras hicieron que se le llenaran los ojos de lágrimas**
en haar woorde het trane in haar oë gebring
**Pronto sus ojos se posaron en una cajita de cristal**
Gou val haar oog op 'n klein glasboks
**La cajita de cristal estaba debajo de la mesa**
Die klein glasboks het onder die tafel gelê
**En la caja de cristal había un pastel muy pequeño**
In die glaskas was 'n baie klein koek
**En el pastel, algunas palabras estaban bellamente escritas**
Op die koek is 'n paar woorde pragtig geskryf
**Las palabras habían sido marcadas con grosellas**
Die woorde is in aalbessies gemerk
**"CÓMEME"**
"EET MY"
**—Bueno, me comeré el pastel —dijo Alicia—**
"Wel, ek sal die koek eet," sê Alice
**"y si el pastel me hace crecer, puedo llegar a la llave"**

"en as die koek my groter laat word, kan ek die sleutel bereik"
**"y si el pastel me hace más pequeño, puedo arrastrarme por debajo de la puerta"**
"en as die koek my kleiner laat word, kan ek onder die deur kruip"
**"así que de cualquier manera me meteré en el jardín"**
"so hoe dit ook al sy, ek sal in die tuin kom"
**"¡Y no me importa cuál de los dos suceda!"**
"en ek gee nie om wie van die twee gebeur nie!"
**Se comió un pedacito del pastel**
Sy het 'n bietjie van die koek geëet
**Y se habló a sí misma con ansiedad:**
en sy het angstig met haarself gepraat:
**—¿De qué manera? ¿Hacia dónde?**
"Watter kant? Watter kant?"
**Y se llevó la mano a la cabeza**
en sy het haar hand op haar kop gehou
**Quería sentir de qué manera estaba creciendo**
Sy wou voel hoe sy groei
**Se sorprendió bastante al descubrir lo que había sucedido**
Sy was nogal verbaas om uit te vind wat gebeur het
**¡Había permanecido del mismo tamaño!**
sy het dieselfde grootte gebly!
**Así que esta vez redobló sus esfuerzos**
So hierdie keer het sy haar pogings verdubbel
**Y pronto terminó todo el pastel**
en gou het sy die hele koek klaargemaak

**El charco de lágrimas**
Die poel van trane

-¡Esto se está poniendo cada vez más interesante! -exclamó
Alicia-
"Dit word al hoe interessanter!" roep Alice
**Se puede ver que estaba muy sorprendida**
Jy kan sien sy was baie verbaas
**"¡Me estoy abriendo como el telescopio más grande que
jamás haya existido!"**
"Ek maak oop soos die grootste teleskoop wat daar ooit was!"
**—¡Adiós, pies! ¡Oh, mis pobres piecitos!**
"Totsiens, voete! O, my arme voetjies"
**"Me pregunto quién se pondrá sus zapatos por ustedes
ahora, queridos".**
"Ek wonder wie nou jou skoene vir jou sal aantrek, skat?"
**—¿Y me pregunto quién se pondrá las medias?**
"en ek wonder wie jou kouse sal aantrek?"
**"Estaré demasiado lejos"**
"Ek sal baie te ver weg wees"
**"No podré preocuparme más por ti"**
"Ek sal myself nie meer oor jou kan pla nie"
**Justo en ese momento su cabeza golpeó contra algo**
Net op hierdie oomblik het haar kop teen iets geslaan
**Había llegado al techo de la sala**
sy het die dak van die saal bereik
**De hecho, ahora medía más de dos metros de altura**
trouens, sy was nou meer as twee meter lank
**Y al instante tomó la pequeña llave de oro**
en sy het dadelik die klein goue sleutel opgetel
**Y se apresuró a llegar a la puerta del jardín**
en sy haastig weg na die tuindeur
**¡Pobre Alicia! No había mucho que pudiera hacer**
Arme Alice! Daar was nie veel wat sy kon doen nie
**Se acostó de lado**
Sy het aan die een kant gaan lê
**Y miró al jardín con un ojo**
en sy het met een oog in die tuin gekyk

**Pero salir adelante era más desesperado que nunca**

maar om deur te kom was meer hopeloos as ooit

**Se sentó y comenzó a llorar de nuevo**

Sy gaan sit en begin weer huil

**Siguió derramando galones de lágrimas**

Sy het voortgegaan om liters trane te stort

**Pronto había un gran estanque a su alrededor**

Gou was daar 'n groot swembad rondom haar

**Y el agua llegaba hasta la mitad del pasillo**

en die water het halfpad in die gang bereik

**Al cabo de un rato, oyó un pequeño golpeteo de pies**

Na 'n rukkie hoor sy 'n bietjie gekletter van voete

**Oyó los pasos que venían de lejos**

Sy het die voete van ver af hoor kom

**Y se secó los ojos apresuradamente para ver lo que venía**

en sy het haastig haar oë afgedroog om te sien wat kom

**Era el Conejo Blanco que regresaba**

Dit was die Wit Konyn wat teruggekeer het

**Iba espléndidamente vestido**

hy was pragtig geklee

**Tenía un par de guantes blancos en una mano**

Hy het 'n paar wit handskoene in die een hand gehad

**y tenía un gran abanico de plumas en la otra mano**

en hy het 'n groot veerwaaier in die ander hand gehad

**Llegó trotando a toda prisa**

Hy het haastig saamgedraf

**y murmuró para sí: "¡Oh! ¡La duquesa, la duquesa!**

en hy het by homself gemompel: "O! die hertogin, die hertogin!"

**—¡Oh! ¡No será salvaje si la he hecho esperar!**

"O! sal sy nie wreed wees as ek haar laat wag het nie!"

**Cuando el Conejo se acercó a ella, Alicia habló**
Toe die haas naby haar kom, het Alice gepraat
**Pero ella hablaba en voz baja y tímida**
maar sy het met 'n lae, skugter stem gepraat
**"Señor, por favor, deje de hacer lo que está haciendo por un momento"**
"Meneer, stop asseblief vir 'n oomblik wat jy doen"
**El Conejo se sobresaltó violentamente**
Die haas skrik gewelddadig
**Dejó caer los guantes blancos y el abanico de plumas**
Hy het die wit handskoene en die veerwaaier laat val
**Y se escabulló en la oscuridad lo más rápido que pudo**
en hy skarrel weg in die duisternis so vinnig as wat hy kon
**Alicia recogió el abanico de plumas y los guantes**
Alice tel die veerwaaier en handskoene op
**Y no paraba de abanicarse mientras seguía hablando**
en sy het haarself bly waai terwyl sy aanhou praat
**"¡Querido, querido! ¡Qué extraño es todo hoy!"**
"Liewe, skat! Hoe vreemd is alles vandag!"

**"Ayer las cosas siguieron como siempre"**

"Gister het dinge net soos gewoonlik aangegaan"

**—¿Era yo el mismo cuando me levanté esta mañana?**

"Was ek dieselfde toe ek vanoggend opgestaan het?"

**"Pero si no soy el mismo, hay otra cuestión"**

"Maar as ek nie dieselfde is nie, is daar 'n ander vraag"

**"¿Quién demonios soy yo?"**

"Wie in die wêreld is ek?"

**"¡Ah, ese es el gran rompecabezas!"**

"Ag, dit is die groot legkaart!"

**Al decir esto, se miró las manos**

Terwyl sy dit sê, kyk sy af na haar hande

**Llevaba uno de los Conejos, gusanos blancos**

Sy het een van die konyne se klein wit handskoene gedra

**No se había dado cuenta de que se había puesto el guante mientras hablaba**

Sy het nie opgemerk dat sy die handskoen aantrek terwyl sy praat nie

**"¿Cómo pude haber hecho eso?", pensó**

"Hoe kon ek dit gedoen het?" het sy gedink

**"Debo estar haciéndome pequeño otra vez"**

"Ek moet weer klein word"

**Se levantó y se acercó a la mesa para medir su altura**

Sy staan op en gaan na die tafel om haar lengte te meet

**Descubrió que ahora medía aproximadamente medio metro de altura**

Sy het gevind dat sy nou ongeveer 'n halwe meter lank was

**Y ella seguía encogiéndose rápidamente**

en sy het nog steeds vinnig gekrimp

**Pronto descubrió cuál era la causa del encogimiento**

Sy het gou uitgevind wat die oorsaak van die krimp was

**¡El abanico de plumas la estaba haciendo más pequeña de nuevo!**

Die veerwaaier het haar weer kleiner gemaak!

**Y dejó caer el abanico de plumas apresuradamente**

en sy het die veerwaaier haastig laat val

**Dejó caer el abanico de plumas justo a tiempo para salvarse**

Sy het die veerwaaier net betyds laat val om haarself te red
**Si se hubiera abanicado por más tiempo, se habría encogido por completo**
As sy haarself langer gewaai het, sou sy heeltemal weggekrimp het
**-¡Ha sido una fuga por los pelos! -dijo Alicia-**
"Dit was 'n noue ontsnapping!" sê Alice
**Y se asustó mucho ante el cambio repentino**
en sy was baie bang vir die skielike verandering
**pero estaba muy contenta de encontrarse todavía en existencia**
maar sy was baie bly om te vind dat sy nog bestaan
**—¡Y ahora, al jardín!**
"En nou, na die tuin!"
**Y corrió a toda prisa hacia la puertecita**
En sy hardloop met alle spoed terug na die deurtjie
**Pero, ¡ay! La puertecita se cerró de nuevo**
Maar, helaas! die deurtjie is weer gesluit
**Y la pequeña llave de oro volvía a estar sobre la mesa de cristal**
en die klein goue sleutel lê weer op die glastafel
"Las cosas están peor que nunca", pensó el pobre niño
"Dinge is erger as ooit," dink die arme kind
**"Nunca antes había sido tan pequeño como esto, ¡nunca!"**
"Ek was nog nooit so klein soos hierdie nie, nooit!"
**Al decir estas palabras, su pie resbaló**
Toe sy hierdie woorde sê, gly haar voet
**¡Y en otro momento hubo un gran chapoteo!**
en in 'n ander oomblik was daar 'n groot plons!
**Estaba sumergida en agua salada hasta la barbilla**
sy was tot by haar ken in soutwater
**Su primera idea fue que de alguna manera había caído al mar**
Haar eerste idee was dat sy op een of ander manier in die see geval het
**Sin embargo, pronto se dio cuenta de en qué estaba metida**
Sy het egter gou besef waarin sy was

**Estaba en un charco de lágrimas**
Sy was in 'n plas van trane
**las lágrimas que había llorado cuando tenía dos metros de altura**
die trane wat sy gehuil het toe sy twee meter lank was

**Justo en ese momento escuchó algo**
Net toe hoor sy iets
**Algo chapoteaba en la piscina**
Iets spat in die swembad rond
**El chapoteo venía de un poco más lejos**
Die gespat kom van 'n entjie ver af
**Y se acercó nadando para ver qué era el chapoteo**
en sy het nader geswem om te sien wat die gespat was
**Pronto vio que era solo un ratoncito**
Sy het gou gesien dat dit net 'n klein muis was
**El ratoncito también se había metido en el agua**
Die muisie het ook in die water gegly
**Alicia pensó para sí misma sobre la situación**
Alice het by haarself oor die situasie gedink
**—¿Serviría de algo hablar con este ratón?**

"Sou dit van enige nut wees om met hierdie muis te praat?"
**"Aquí todo está tan al revés"**
"Alles is so onderstebo hier onder"
**"Creo que es muy probable que este ratón pueda hablar"**
"Ek dink baie waarskynlik dat hierdie muis kan praat"
**"En cualquier caso, no hay nada de malo en intentarlo"**
"In elk geval, daar is geen kwaad om te probeer nie"
**Así que empezó a tratar de hablar con el ratón**
Sy het dus probeer om met die muis te praat
**"Oh Ratón, ¿conoces la forma de salir de esta piscina?"**
"Ag Muis, ken jy die pad uit hierdie swembad?"
**—¡Estoy muy cansado de nadar por aquí, oh ratón!**
"Ek is baie moeg om hier rond te swem, o Muis!"
**El ratón la miró con curiosidad**
Die muis kyk haar nogal nuuskierig aan
**El ratón parecía guiñar un ojo con uno de sus ojitos**
Dit lyk asof die muis met een van sy ogies knipoog
**Pero el ratoncito no dijo nada**
maar die klein muis het niks gesê nie
**"A lo mejor el ratón no entiende inglés", pensó Alicia**
"Miskien verstaan die muis nie Engels nie," dink Alice
**"Me atrevo a decir que es un ratón francés"**
"Ek durf sê dit is 'n Franse muis"
**"tal vez este ratón vino con Guillermo el Conquistador"**
"miskien het hierdie muis saam met Willem die Veroweraar oorgekom"
**Así que empezó de nuevo, en francés**
So het sy weer begin, in Frans
**"¿Dónde está mi gato?", preguntó en francés**
"Waar is my kat?" vra sy in Frans
**era la primera frase de su libro de clases de francés**
dit was die eerste sin in haar Franse lesboek
**El Ratón dio un súbito salto fuera del agua**
Die muis het 'n skielike sprong uit die water gegee
**y el ratón pareció temblar de miedo**
en dit lyk asof die muis oral bewe van skrik
**-¡Oh, le ruego que me perdone! -exclamó Alicia**

apresuradamente-

"O, ek smeek jou vergewe!" roep Alice haastig uit

**Temía haber herido los sentimientos del pobre animal**

sy was bang dat sy die arme dier se gevoelens seergemaak het

**"Olvidé que no te gustaban los gatos"**

"Ek het heeltemal vergeet jy hou nie van katte nie"

**—¡No me gustan los gatos! —exclamó el ratón con voz estridente y apasionada—**

"Ek hou nie van katte nie!" roep die muis met 'n skril, passievolle stem

**—¿Te gustaría tener gatos, si fueras yo?**

"Sou jy katte wou hê, as jy ek was?"

**Alicia consoló al ratón en un tono tranquilizador**

Alice troos die muis in 'n strelende toon

**"Bueno, tal vez a mí tampoco me gustarían los gatos si fuera tú"**

"Wel, miskien sou ek ook nie van katte hou as ek jy was nie"

**"Por favor, no te enfades por la mención de los gatos"**

"Moet asseblief nie kwaad wees oor die vermelding van katte nie"

**"Y, sin embargo, desearía poder mostrarte a nuestra gata Dinah"**

"En tog wens ek ek kon jou ons kat Dina wys"

**"Si la conocieras, creo que te encapricharías de los gatos"**

"as jy haar ontmoet, dink ek jy sal lus wees vir katte"

**"Si tan solo pudieras verla"**

"As jy haar net kon sien"

**"Es una cosa tan querida y tranquila"**

"Sy is so 'n dierbare, stil ding"

**El ratón temblaba por todas partes**

Die muis het oral gebewe

**Alicia estaba segura de que el ratón debía de estar realmente ofendido**

Alice was seker dat die muis regtig aanstoot moes neem

**"No hablaremos más de ella, si prefieres no hacerlo"**

"Ons sal nie meer oor haar praat nie, as jy liewer nie wil nie"

**-¡Nosotros, en efecto! -exclamó el Ratón-**

"Ons, inderdaad!" roep die muis
**El ratón temblaba hasta la punta de la cola**
die muis bewe tot aan die einde van sy stert
**—¡Como si fuera a hablar de un tema así!**
"Asof ek oor so 'n onderwerp sou praat!"
**"Nuestra familia siempre odió a los gatos"**
"Ons gesin het altyd katte gehaat"
**"Gatos; ¡Cosas desagradables, bajas, vulgares!"**
"katte; nare, lae, vulgêre dinge!"
**"¡No dejes que vuelva a escuchar el nombre!"**
"Moenie dat ek weer die naam hoor nie!"
**-¡No volveré a hablar de los gatos! -dijo Alicia-**
"Ek sal inderdaad nie weer katte noem nie!" sê Alice
**Tenía mucha prisa por cambiar de tema**
sy was baie haastig om die onderwerp te verander
**"¿Eres tú... ¿Te gustan los perros?**
"Is jy ... Is jy lief vir honde?"
**"Hay un perrito tan simpático cerca de nuestra casa"**
"Daar is so 'n gawe hondjie naby ons huis,"
**—¡Me gustaría enseñarte el perrito!**
"Ek wil jou graag die hondjie wys!"
**"Este perrito mata a todas las ratas y...**
"Hierdie hondjie maak al die rotte dood en ...
**-¡Oh, querida! -exclamó Alicia en tono triste-**
"O, skat!" roep Alice op 'n hartseer toon
**"¡Me temo que te he ofendido de nuevo!"**
"Ek is bevrees ek het jou weer aanstoot gegee!"
**El ratón se alejaba nadando de ella tan rápido como podía**
die muis het so vinnig as wat dit kon van haar af weggeswem
**y el ratón hizo un gran alboroto en la piscina**
en die muis het nogal 'n oproer in die swembad gemaak
**Así que llamó suavemente al ratón**
So roep sy saggies agter die muis aan
**"¡Mi querido ratón, por favor vuelve!"**
"My liewe muis, kom asseblief terug!"
**"Y no hablaremos de gatos"**
"En ons sal nie oor katte praat nie"

"Y tampoco tenemos que hablar de perros"
"En ons hoef ook nie oor honde te praat nie"
**Cuando el ratón escuchó esto, se dio la vuelta**
Toe die muis dit hoor, draai hy om
**Y el ratoncito nadó lentamente de regreso a ella**
en die klein muisie swem stadig terug na haar toe
**La cara del ratón estaba bastante pálida**
Die muis se gesig was nogal bleek
**Y el ratón habló, en voz baja y temblorosa**
en die muis het gepraat, met 'n lae, bewende stem
**"Vamos a la orilla"**
"Kom ons kom by die oewer"
**"y luego te contaré mi historia"**
"en dan sal ek jou my geskiedenis vertel"
**"y entenderás por qué odio a los gatos y a los perros"**
"en jy sal verstaan hoekom ek katte en honde haat"
**Ya era hora de partir**
Dit het hoog tyd geword om te gaan
**porque la piscina se estaba llenando bastante**
want die swembad het nogal druk geraak
**Otros pájaros y animales habían caído en el estanque**
ander voëls en diere het in die swembad geval
**había un pato y un dodo**
daar was 'n eend en 'n dodo
**y había un pájaro lori y un aguilucho**
en daar was 'n Lory-voël en 'n arend
**Y había varias otras criaturas de aspecto interesante**
en daar was verskeie ander interessante wesens
**Alicia abrió el camino para salir de la piscina**
Alice het die pad uit die swembad gelei
**Y todo el grupo de animales nadó hasta la orilla**
en die hele groep diere het na die oewer geswem

**Una carrera de caucus y una larga cola**

'n koukuswedloop en 'n lang stert

**De hecho, eran un grupo de animales de aspecto gracioso**

Hulle was inderdaad 'n snaakse klomp diere

**Y todos se reunieron a la orilla del agua**

en hulle het almal op die wateroewer bymekaargekom

**Todos los pájaros tenían las plumas desaliñadas**

die voëls het almal vere gehad

**y los animales peludos estaban empapados**

en die harige diere was deurweek

**y todos estaban empapados, molestos e incómodos**

en almal was drupnat, geïrriteerd en ongemaklik

**Había una pregunta que había que responder primero**

Daar was een vraag wat eers beantwoord moes word

**¿Cuál es la mejor manera de que todos se sequen?**

Wat is die beste manier vir almal om droog te word?

**Tuvieron una consulta sobre este asunto**

Hulle het 'n konsultasie oor hierdie saak gehad

**Pronto todos se sintieron en términos familiares**

Gou was hulle almal op bekende voet

**Era como si los conociera de toda la vida**
dit was asof sy hulle haar hele lewe lank geken het
**El ratón parecía ser una persona de cierta autoridad**
Die muis was blykbaar 'n persoon met 'n gesag
**"¡Siéntense todos y escúchenme!**
"Gaan sit, almal van julle, en luister na my!"
**"¡Pronto los volveré a secar!"**
"Ek sal julle binnekort weer droog maak!"
**Se sentaron todos a la vez, en un gran círculo**
Hulle het almal gelyktydig in 'n groot ring gaan sit
**y el ratoncito se sentó en el medio**
en die klein muis het in die middel gesit
**—¡Ejem! —dijo el ratón con aire importante—**
"Ahem!" sê die muis met 'n belangrike lug
**"¿Están todos listos?"**
"Is julle almal gereed?"
**"Esto es lo más seco que conozco"**
"Dit is die droogste ding wat ek weet"
**—¡Silencio por todas partes, por favor!**
"Stilte rondom, as jy asseblief!"
**"Guillermo el Conquistador fue favorecido por el Papa"**
"Willem die Veroweraar is deur die pous begunstig"
**"pero pronto fue sometido por los ingleses"**
"maar hy is gou deur die Engelse onderwerp"
**"Últimamente querían líderes"**
"Hulle wou die afgelope tyd leiers hê"
**"Y se habían acostumbrado al poder y a la conquista"**
"en hulle was gewoond aan mag en verowering"
**"Edwin y Morcar, los condes de Mercia y Northumbria"**
"Edwin en Morcar, die graaf van Mercia en Northumbria"
**—¡Uf! —exclamó el pájaro lori con un escalofrío—**
"Ugh!" sê die lori-voël met 'n rilling
**"e incluso Stigand, el patriota arzobispo de Canterbury"**
"en selfs Stigand, die patriotiese aartsbiskop van Canterbury"
**"A él también le pareció aconsejable"**
"Hy het dit ook raadsaam gevind"
**-¿Qué le pareció aconsejable? -dijo el pato-**

"Wat het hy raadsaam gevind?" sê die eend
—Le pareció aconsejable —replicó el ratón con cierto enfado—
"Hy het dit raadsaam gevind," antwoord die muis taamlik dwars
**Pero el pato no estaba satisfecho**
maar die eend was nie tevrede nie
**"Por supuesto, ya sabes lo que significa"**
"Natuurlik weet jy wat 'dit' beteken"
**—Sé lo que es cuando encuentro una cosa —dijo el pato—**
"Ek weet wat 'dit' is as ek iets kry," sê die eend
**"Generalmente es una rana o un gusano"**
"Dit is oor die algemeen 'n padda of 'n wurm"
**"La pregunta es, ¿qué encontró el arzobispo?"**
"Die vraag is, wat het die aartsbiskop gevind?"
**El ratón no se dio cuenta de esta pregunta**
Die muis het nie hierdie vraag opgemerk nie
**En cambio, el ratón continuó apresuradamente con el discurso**
In plaas daarvan het die muis haastig voortgegaan met die toespraak
**"le pareció aconsejable ir con Edgar Atheling"**
"hy het dit raadsaam gevind om saam met Edgar Atheling te gaan"
**"para encontrarme con Guillermo y ofrecerle la corona"**
"om William te ontmoet en hom die kroon aan te bied"
**el ratón continuó, volviéndose hacia Alicia mientras hablaba**
die muis het voortgegaan en na Alice gedraai terwyl dit gepraat het
**—¿Cómo te va ahora, querida?**
"Hoe gaan dit nou met jou, my skat?"
**—Tan mojado como siempre —dijo Alicia en tono melancólico—**
"So nat soos altyd," sê Alice op 'n weemoedige toon
**"Esta historia no parece que me seque en absoluto"**
"Dit lyk asof hierdie storie my glad nie droog maak nie"
**—En ese caso —dijo solemnemente el dodo, poniéndose en**

pie—

"In daardie geval," sê die dodo plegtig en staan op sy voete

**"Voto que se levante la sesión"**

"Ek stem dat die vergadering verdaag word"

**"y propongo la adopción inmediata de remedios más enérgicos"**

"en ek stel 'n onmiddellike aanvaarding van meer energieke middels voor"

**—¡Di palabras de verdad! —dijo el aguilucho—**

"Praat regte woorde!" sê die arend

**"No conozco el significado de la mitad de esas palabras largas"**

"Ek weet nie wat die helfte van daardie lang woorde beteken nie"

**—¡Y, lo que es más, tampoco creo que tú lo sepas!**

"en wat meer is, ek glo nie jy weet ook nie!"

**—Lo que iba a decir —dijo el dodo en tono ofendido—**

"Wat ek gaan sê," sê die dodo op 'n beledigde toon

**"Lo mejor para deshacernos sería una contienda electoral"**

"Die beste ding om ons droog te kry, is 'n koukuswedloop"

**—¿Qué es una contienda electoral? —preguntó Alicia**

"Wat is 'n koukus-wedloop?" sê Alice

—Bueno —dijo el dodo—, la mejor manera de explicarlo es hacerlo.
"Wel," sê die dodo, "die beste manier om dit te verduidelik is om dit te doen"
**"Primero el dodo trazó un hipódromo"**
"Eers het die dodo 'n renbaan gemerk"
**"La pista estaba en una especie de círculo"**
"Die baan was in 'n soort sirkel"
**"Y luego todo el grupo se colocó a lo largo del recorrido"**
"en toe is die hele geselskap langs die baan geplaas"
**No hubo "¡Uno, dos, tres y fuera!"**
Daar was geen "Een, twee, drie en weg!"
**pero empezaron a correr cuando quisieron**
maar hulle het begin hardloop wanneer hulle wou
**Y también terminaban cuando querían**
en hulle het ook klaargemaak wanneer hulle wou
**Así que no era fácil saber cuándo había terminado la carrera**
Dit was dus nie maklik om te weet wanneer die wedloop verby was nie
**Después de media hora más o menos de correr, todos estaban bastante secos**
na 'n halfuur of wat se hardloop was hulle almal redelik droog
**el dodo gritó de repente: "¡La carrera ha terminado!"**
die dodo het skielik uitgeroep: "Die wedloop is verby!"
**Y todos se agolparon alrededor del dodo**
en hulle het almal om die dodo saamgedrom
**Todos los animales jadeaban y resoplaban**
al die diere hyg en blaas
**y todos querían saber: "¿Pero quién ha ganado?"**
en hulle wou almal weet: "Maar wie het gewen?"
**El dodo no pudo responder de inmediato a esta pregunta**
Hierdie vraag kon die dodo nie dadelik beantwoord nie
**Primero tuvo que pensar mucho**
Eers moes hy baie nadink
**Después de pensarlo mucho, el Dodo finalmente habló**
Na baie nadenke het die Dodo uiteindelik gepraat

"Todos han ganado y todos deben tener premios"
"Almal het gewen, en almal moet pryse hê"
"¿Pero quién va a dar los premios?", preguntó un coro de
voces
"Maar wie moet die pryse gee?" vra 'n koor van stemme
—Bueno, ella, por supuesto —dijo el dodo—
"Wel, sy, natuurlik," sê die dodo
y el dodo señaló con un dedo a Alicia
en die dodo het met een vinger na Alice gewys
y todo el grupo de animales se agolpó a su alrededor
en die hele groep diere het om haar saamgedrom
gritaron, de manera confusa: "¡Premios! ¡Premios!"
hulle het op 'n verwarde manier uitgeroep: "Pryse! Pryse!"
Alicia no tenía ni idea de qué hacer
Alice het geen idee gehad wat om te doen nie
Desesperada, se metió la mano en el bolsillo
Wanhopig steek sy haar hand in haar sak
Y sacó una caja de dulces
en sy haal 'n boks lekkers uit
Por suerte, el agua salada no había entrado en la caja
gelukkig het die soutwater nie in die boks gekom nie
Y repartió los dulces como premios
en sy het die lekkers as pryse rondgegee
Había exactamente una pieza para todos
Daar was presies een stuk vir almal
Lo siguiente que tenían que hacer era comer los dulces
Die volgende ding wat hulle moes doen, was om die lekkers te
eet
Esto causó algo de ruido y confusión
Dit het geraas en verwarring veroorsaak
Los grandes pájaros se quejaban de que no podían saborear
sus dulces
Die groot voëls het gekla dat hulle nie hul lekkers kon proe nie
Los pequeños se ahogaron y hubo que darles palmaditas en
la espalda
Die kleintjies verstik en moes op die skouer geklop word
Sin embargo, al fin se acabó

Dit was egter uiteindelik verby

**y se sentaron de nuevo en un anillo**

en hulle het weer in 'n ring gaan sit

**Y le rogaron al ratón que les dijera algo más**

en hulle het die muis gesmeek om hulle iets meer te vertel

**—Prometiste contarme tu historia, ¿sabes? —dijo Alicia—**

"Jy het belowe om my jou geskiedenis te vertel, jy weet," sê
Alice

**E hizo otro pequeño comentario sobre los gatos en un
susurro**

en sy het nog 'n klein opmerking oor katte in 'n fluistering
gemaak

**No quería volver a ofender al ratón**

Sy wou nie weer die muis aanstoot gee nie

**el ratoncito se volvió hacia Alicia y suspiró**

die klein muis draai na Alice en sug

**—¡La mía es una larga y triste historia!**

"Myne is 'n lang en hartseer verhaal!"

**—Es una cola larga, sin duda —dijo Alicia—**

"Dit is beslis 'n lang stert," sê Alice

**Y miró con asombro la cola del ratón**

en sy kyk met verwondering af na die muis se stert

**—¿Pero por qué le llamas cola triste?**

"Maar hoekom noem jy dit 'n hartseer stert?"

**Y ella seguía desconcertada al respecto mientras el ratón
hablaba**

En sy het aanhou raaisel daaroor terwyl die muis gepraat het

**de modo que su idea del cuento era más o menos así**

sodat haar idee van die verhaal so iets was

        "Fury said to
          a mouse, That
            he met in the
              house, 'Let
                us both go
                to law: *I*
                will prosecute
                *you.*—
                  Come, I'll
                take no denial:
                  We must have
                 the trial;
               For really
            this morning
        I've
      nothing
    to do.'
          Said the
            mouse to
              the cur,
                'Such a
                  trial, dear
                    sir, With
                      no jury
                        or judge,
                        would
                       be wasting
                      our
                    breath.'
                  'I'll be
                judge,
              I'll be
            jury,'
          said
        cunning
          old
            Fury;
              'I'll
                try
                  the
                    whole
                      cause,
                      and
                    condemn
                   you to
               death.'"

**Furia le dijo a un ratón: "Que se encontró en la casa"**

Fury het vir 'n muis gesê, dat hy in die huis ontmoet het"

**Vayamos los dos a la ley: yo te procesaré**

Laat ons albei na die reg gaan: Ek sal jou vervolg

**Vamos, no aceptaré ninguna negación: debemos tener el juicio**

Kom, ek sal geen ontkenning aanvaar nie: Ons moet die verhoor hê

**Porque realmente esta mañana no tengo nada que hacer**
Want regtig vanoggend het ek niks om te doen nie
**Dijo el ratón al cur;**
Sê die muis vir die cur;
**Un juicio así, querido señor, sin jurado ni juez, sería una
pérdida de aliento**
So 'n verhoor, liewe meneer, met geen jurie of regter nie, sou
ons asem mors
**—Seré juez, seré jurado —dijo el astuto viejo Fury—**
"Ek sal regter wees, ek sal jurie wees," sê die slinkse ou Fury
**Juzgaré toda la causa y te condenaré a muerte**
Ek sal die hele saak verhoor en jou ter dood veroordeel
**el ratón le habló severamente a Alicia**
die muis het ernstig met Alice gepraat
**"¡No estás prestando atención!"**
"Jy gee nie aandag nie!"
**—¿En qué estás pensando?**
"Waaraan dink jy?"
**—Le ruego que me perdone —dijo Alicia muy
humildemente—**
"Ek smeek jou vergewe," sê Alice baie nederig
**– ¿Habías llegado a la quinta curva, creo?**
"jy het by die vyfde draai gekom, dink ek?"
**"¡Me insultas diciendo tales tonterías!"**
"Jy beledig my deur sulke nonsens te praat!"
**Y el ratón se levantó y se alejó**
en die muis het opgestaan en weggeloop
**Alicia llamó al ratoncito**
Alice roep na die klein muis
**"¡Por favor, regresa y termina tu historia!"**
"Kom asseblief terug en voltooi jou storie!"
**Y todos los demás se unieron a coro**
En die ander het almal in koor aangesluit
**"¡Sí, por favor, termine su historia!"**
"Ja, maak asseblief jou storie klaar!"
**Pero el ratón se limitó a negar con la cabeza con impaciencia**
Maar die muis skud net ongeduldig sy kop

**Y el ratoncito caminó un poco más rápido**
en die klein muis het 'n bietjie vinniger geloop
**—¡Ojalá tuviera aquí a Dinah, nuestra gata! —dijo Alicia—**
"Ek wens ek het Dinah, ons kat, hier gehad!" sê Alice
**Esto causó una notable sensación entre el grupo**
Dit het 'n merkwaardige sensasie onder die party veroorsaak
**Algunos de los pájaros se apresuraron a huir de inmediato**
Sommige van die voëls het dadelik weggehaas
**y un canario gritó con voz temblorosa a sus hijos;**
en 'n Kanarie het met 'n bewende stem na sy kinders geroep;
**—¡Váyanse, queridos míos!**
"Kom weg, my liewe!"
**"¡Ya es hora de que estén todos en la cama!"**
"Dit is hoog tyd dat julle almal in die bed is!"
**Con varias excusas se fueron todos**
Met verskeie verskonings het hulle almal weggegaan
**y Alicia no tardó en quedarse sola**
en Alice is gou alleen gelaat
**—¡Ojalá no hubiera mencionado a Dinah!**
"Ek wens ek het nie Dina genoem nie!"
**"Parece que a nadie le gusta aquí abajo"**
"Dit lyk asof niemand van haar hier onder hou nie"
**—¡Pero estoy seguro de que es la mejor gata del mundo!**
"maar ek is seker sy is die beste kat in die wêreld!"
**La pobre Alicia se echó a llorar de nuevo**
Arme Alice het weer begin huil
**porque se sentía muy sola y desanimada**
omdat sy baie eensaam en neerslagtig gevoel het
**Al cabo de un rato, sin embargo, volvió a oír algo**
Binne 'n rukkie hoor sy egter weer iets
**un pequeño golpeteo de pasos a lo lejos**
'n bietjie voetstappe in die verte
**Y ella miró hacia arriba ansiosamente**
en sy kyk gretig op

# El conejo manda al pequeño Sr. Bill
## Die haas stuur klein meneer Bill in

**Era el conejo blanco, que volvía trotando lentamente**
Dit was die wit haas, wat stadig weer terugdraf
**Miraba a su alrededor ansiosamente mientras se alejaba**
Hy het angstig rondgekyk terwyl hy gegaan het
**Parecía como si hubiera perdido algo**
Hy het gelyk asof hy iets verloor het
**Alicia le oyó murmurar para sí misma**
Alice hoor hom vir homself mompel
**—¡La duquesa! ¡La duquesa! ¡Oh, mis queridas patas!**
"Die hertogin! Die hertogin! O, my liewe pote!"
**—¡Oh, mi pelo y mis bigotes!**
"O, my pels en snorbaarde!"
**"Ella hará que me ejecuten, estoy seguro de eso"**
"Sy sal my teregstel, ek is seker daarvan"
**—¡Tan cierto como que los hurones son hurones!**
"Net so seker soos frette frette is!"
**"¿Dónde puedo haber dejado mis cosas, me pregunto?"**
"Waar kan ek my goed laat val het, wonder ek?"

**Alicia adivinó en un momento lo que estaba buscando**
Alice raai in 'n oomblik waarna hy soek
**Buscaba el abanico de plumas**
Hy was op soek na die veerwaaier
**Y buscaba el par de guantes blancos**
en hy was op soek na die paar wit handskoene
**Así que ella, muy bondadosamente, comenzó a buscar los guantes**
So sy het baie goedhartig na die handskoene begin soek
**Y también buscó el abanico de plumas**
en sy het ook na die veerwaaier gesoek
**Pero los guantes y el abanico de plumas no se veían por ninguna parte**
maar die handskoene en veerwaaier was nêrens te sien nie
**Todo parecía haber cambiado desde que se bañó en la piscina**
Dit lyk asof alles verander het sedert sy in die swembad geswem het
**Nada era igual desde que estaba en el Gran Salón**
Niks was dieselfde sedert sy in die Groot Saal was nie
**y la mesa de cristal había desaparecido**
en die glastafel het verdwyn
**Y la puertecita tampoco estaba allí**
En die deurtjie was ook nie daar nie
**Muy pronto el conejo se fijó en Alicia**
Baie gou het die haas Alice opgemerk
**—la llamó en tono airado**
Hy roep haar op 'n kwaai toon
**—Mary Ann, ¿qué haces aquí?**
"Mary Ann, wat doen jy hier buite?"
**"Corre a casa en este momento"**
"Hardloop hierdie oomblik huis toe"
**—¡Y tráeme un par de guantes y un abanico de plumas!**
"en haal vir my 'n paar handskoene en 'n veerwaaier!"
**—¡Y date prisa!**
"En wees vinnig daaroor!"
**Alicia se habló a sí misma mientras salía corriendo**

Alice praat met haarself terwyl sy weghardloop
**—¡Debe de haberme confundido con su criada!**
"Hy moes my as sy huisbediende verwar het!"
**"¡Qué sorpresa se quedará cuando se entere de quién soy!"**
"Hoe verbaas sal hy wees as hy uitvind wie ek is!"
**Al decir esto, se encontró con una casita pulcra**
Terwyl sy dit sê, het sy op 'n netjiese huisie afgekom
**En la puerta de la casa había una placa de bronce brillante**
Op die deur van die huis was 'n helder koperplaat
**"W. CONEJO"**
"W. KONYN"
**Entró sin llamar a la puerta**
Sy het ingegaan sonder om aan die deur te klop
**Y se apresuró a subir las escaleras**
en sy haastig reguit boontoe
**le preocupaba conocer a la verdadera Mary Ann**
sy was bekommerd dat sy die regte Mary Ann sou ontmoet
**porque entonces la echarían de la casa**
want dan sou sy uit die huis gewys word
**Y no sería capaz de encontrar el abanico de plumas y los guantes**
en sy sou nie die veerwaaier en handskoene kon vind nie
**Alicia había encontrado el camino hacia una pequeña habitación ordenada**
Alice het haar weg na 'n netjiese kamertjie gevind
**En la habitación había una mesa junto a la ventana**
In die kamer was 'n tafel by die venster
**y sobre la mesa había un abanico de plumas**
en op die tafel was 'n veerwaaier
**Y había dos o tres pares de diminutos guantes blancos**
en daar was twee of drie pare klein wit handskoene
**Cogió el abanico de plumas y un par de guantes**
Sy tel die veerwaaier en 'n paar van die handskoene op
**Y estaba a punto de salir de la habitación**
en sy was net op die punt om die kamer te verlaat
**Pero entonces sus ojos se posaron en una botellita**
maar toe val haar oë op 'n botteltjie

**Descorchó la botella y se la llevó a los labios**

Sy het die bottel ontkurk en dit op haar lippe gesit

**"Espero que me haga crecer de nuevo"**

"Ek hoop dit sal my weer groot laat word"

**"¡Estoy cansada de ser una cosita tan pequeña!"**

"Ek is moeg daarvoor om so 'n klein dingetjie te wees!"

**Alicia apenas se había bebido la mitad de la botella**

Alice het skaars die helfte van die bottel gedrink

**Su cabeza ya estaba presionada contra el techo**

haar kop het reeds teen die plafon gedruk

**Y tuvo que agacharse**

en sy moes buk

**para salvar su cuello de ser roto**

om haar nek te red om gebreek te word

**Dejó apresuradamente la botella**

Sy sit haastig die bottel neer

**"Con eso basta"**

"Dis heeltemal genoeg"

**"Espero no crecer más"**

"Ek hoop ek groei nie meer nie"

**¡Ay! ¡Era demasiado tarde para desearlo!**

Helaas! Dit was te laat om dit te wens!

**Ella siguió creciendo y creciendo**

Sy het aanhou groei en gegroei

**y muy pronto tuvo que arrodillarse en el suelo**

en baie gou moes sy op die vloer kniel

**Y aun así siguió creciendo**

en selfs toe het sy aanhou groei

**Como último recurso, sacó un brazo por la ventana**

As 'n laaste hulpbron het sy een arm by die venster uitgesteek

**Y metió un pie por la chimenea**

en sy het een voet teen die skoorsteen gesit

**"Ahora no puedo hacer más, pase lo que pase"**

"Nou kan ek nie meer doen nie, wat ook al gebeur"

**—¿Qué será de mí?**

"Wat sal van my word?"

Alicia tuvo un poco de suerte
Alice het 'n bietjie geluk gehad
La pequeña botella mágica había tenido todo su efecto
Die klein towerbotteltjie het sy volle effek gehad
y Alicia no creció más de lo que era
en Alice het nie groter geword as sy was nie
Al cabo de unos minutos oyó una voz en el exterior
Na 'n paar minute hoor sy 'n stem buite
Y se detuvo a escuchar la voz
en sy stop om na die stem te luister
—¡María Ana! ¡Mary Ann! -dijo la voz-
"Mary Ann! Mary Ann!" sê die stem
"¡Tráeme mis guantes en este momento!"
"Haal my handskoene op hierdie oomblik!"
Luego se oyó un pequeño golpeteo de pies en la escalera
Toe kom 'n bietjie gekletter van voete op die trappe
Alicia supo que era el conejo que venía a buscarla
Alice het geweet dit is die haas wat haar kom soek
Y tembló hasta hacer temblar la casa
en sy het gebewe totdat sy die huis geskud het

**Se olvidó por completo de sus proporciones**
sy het heeltemal vergeet wat haar verhoudings was
**Era mil veces más grande que el conejo**
sy was duisend keer so groot soos die haas
**Y no tenía por qué temer a un conejo**
en sy het geen rede gehad om bang te wees vir 'n haas nie
**De pronto, el conejo se acercó a la puerta**
Kort daarna kom die haas by die deur
**Y el conejito trató de abrir la puerta**
en die klein haas het probeer om die deur oop te maak
**La puerta comenzó a abrirse hacia adentro**
Die deur het na binne begin oopgaan
**pero el codo de Alicia estaba apretado con fuerza contra la puerta**
maar Alice se elmboog is hard teen die deur gedruk
**Ese intento resultó un fracaso**
Daardie poging was 'n mislukking
**Alicia oyó que el conejo se hablaba a sí mismo**
Alice het die haas met homself hoor praat
**"Entonces daré la vuelta y entraré por la ventana"**
"Dan sal ek rondgaan en deur die venster inkom"
**«¡Que no lo harás!», pensó Alicia**
"Dat jy nie sal nie!" dink Alice
**Y volvió a esperar un poco**
en sy wag weer 'n bietjie
**Pronto oyó al conejo justo debajo de la ventana**
gou hoor sy die haas net onder die venster
**De repente extendió la mano**
Sy skielik haar hand uitgesprei
**Y ella hizo un arrebato en el aire**
en sy het 'n ruk in die lug gemaak
**No se apoderó de nada**
Sy het niks in die hande gekry nie
**Pero oyó un pequeño alarido y una caída**
maar sy hoor 'n klein gil en 'n val
**Y oyó el estrépito de cristales rotos**
en sy het 'n botsing van gebreekte glas gehoor

**Tal vez el conejo se había caído**
Miskien het die haas geval
**Tal vez estaba en un invernadero**
Miskien was hy in 'n kweekhuis
**Luego se oyó una voz airada; La voz del conejo**
Daarna kom 'n woedende stem; die haas se stem
**"Pat, ¿dónde estás?"**
"Pat, waar is jy?"
**Y entonces llegó una voz que nunca antes había oído**
En toe kom 'n stem wat sy nog nooit vantevore gehoor het nie
**"¡Su señoría, estoy aquí!"**
"U eerbare, ek is hier!"
**"Estoy cavando en busca de manzanas"**
"Ek grawe vir appels"
**"¡Aquí! ¡Ven y ayúdame a salir de esto!"**
"Hier! Kom help my hieruit!"
**—Ahora dime, Pat, ¿qué es eso que hay en la ventana?**
"Vertel my nou, Pat, wat is dit in die venster?"
**"Claro, su señoría, se lo diré"**
"Sekerlik, u eerbare, ek sal u vertel"
**"¡Es un brazo que está en la ventana!"**
"Dit is 'n arm wat in die venster is!"
**"Bueno, un brazo no tiene nada que hacer allí"**
"Wel, 'n arm het geen besigheid daar nie"
**"¡Ve y quítate el brazo!"**
"Gaan haal die arm weg!"
**Hubo un largo silencio después de esto**
Daar was 'n lang stilte hierna
**y Alicia sólo podía oír susurros de vez en cuando**
en Alice kon net nou en dan fluisteringe hoor
**Y, por fin, volvió a extender la mano**
en uiteindelik het sy weer haar hand uitgesteek
**Y ella hizo otro arrebato en el aire**
en sy het nog 'n ruk in die lug gemaak
**Esta vez hubo dos pequeños chillidos**
Hierdie keer was daar twee klein gille
**y se escucharon más sonidos de vidrios rotos**

en daar was meer geluide van gebreekte glas
**«¡Me pregunto qué harán ahora!», pensó Alicia**
"Ek wonder wat hulle volgende gaan doen!" dink Alice
**"Ojalá me sacaran por la ventana"**
"Ek wens hulle sou my by die venster uittrek"
**Esperó un buen rato**
Sy wag 'n rukkie
**Pero durante un rato no oyó nada más**
maar vir 'n rukkie het sy niks meer gehoor nie
**Por fin se oyó el estruendo de unas ruedas**
Uiteindelik het 'n gedreun van klein wieltjies gekom
**Y se oyó el sonido de muchas voces**
en daar het die geluid van 'n hele klomp stemme gekom
**Todas las voces hablaban al unísono**
al die stemme het saam gepraat
**Pudo distinguir algunas de las palabras**
Sy kon van die woorde uitmaak
**—¿Dónde está la otra escalera?**
"Waar is die ander leer?"
**"Bill tiene la otra escalera"**
"Bill het die ander leer"
**"¡Bill, ven aquí!"**
"Bill, kom hier!"
**—¿Soportará el techo la carga?**
"Sal die dak die vrag dra?"
**—¿Quién quiere bajar por la chimenea?**
"Wie wil by die skoorsteen afgaan?"
**—¡No, no lo haré! ¡Tú lo haces!"**
"Nee, ek sal nie! Jy doen dit!"
**—¡Aquí, Bill!**
"Hier, Bill!"
**"¡El maestro dice que tienes que bajar por la chimenea!"**
"Die meester sê jy moet by die skoorsteen afgaan!"
**Alicia arrastró el pie por la chimenea todo lo que pudo**
Alice trek haar voet so ver as moontlik in die skoorsteen af
**Y luego esperó a ver lo que venía**
en toe wag sy om te sien wat kom

**Escuchó a un animalito arañar y revolver**
Sy hoor 'n klein dier krap en skarrel
**El animalito debe estar en la chimenea**
die diertjie moet in die skoorsteen wees
**Luego dio una fuerte patada**
toe gee sy een skerp skop
**Y esperó a ver qué pasaría después**
en sy het gewag om te sien wat volgende sou gebeur
**Oyó un coro general de voces**
Sy het 'n algemene koor van stemme gehoor
**"¡Ahí va Bill!", dijeron todos**
"Daar gaan Bill!" het hulle almal gesê
**Entonces oyó solo la voz del conejo**
toe hoor sy die haas se stem alleen
**"¡Tú por el seto, atrápalo!"**
"Jy by die heining, vang hom!"
**Hubo otro momento de silencio**
daar was nog 'n oomblik van stilte
**Y entonces hubo otra confusión de voces**
en toe was daar nog 'n verwarring van stemme
**"Levanta la cabeza, Brandy"**
"Hou sy kop op, Brandewyn"
**"Ten cuidado de no asfixiarlo"**
"Wees versigtig om hom nie te verstik nie"
**—¿Qué te pasó?**
"Wat het met jou gebeur?"
**Por último, llegó una vocecita débil y chillona**
Laastens het 'n bietjie swak, piepende stem gekom
**"Bueno, ya casi no sé"**
"Wel, ek weet skaars nie meer nie"
**"Gracias a todos, ahora estoy mejor"**
"dankie almal, ek is nou beter"
**"Hay una cosa que puedo recordar"**
"daar is een ding wat ek kan onthou"
**"Algo viene hacia mí como un tren en un túnel"**
"Iets kom na my toe soos 'n trein in 'n tonnel"
**"¡Y vuelo hacia arriba como un cohete!"**

"en op vlieg ek soos 'n sky-vuurpyl!"
**Hubo uno o dos minutos de silencio**
daar was 'n minuut of twee van stilte
**Y entonces empezaron a moverse de nuevo**
en toe begin hulle weer rondbeweeg
**y Alicia oyó hablar de nuevo al Conejo**
en Alice het die haas weer hoor praat
**"Un túmulo servirá, para empezar"**
"'n Kruiwa sal doen, om mee te begin"
**«¿Un túmulo lleno de qué?», pensó Alicia**
"'n Kruiwa vol wat?" dink Alice
**Pero no la mantuvieron en suspenso por mucho tiempo**
Maar sy is nie lank in spanning gehou nie
**Una lluvia de guijarros entró por la ventana**
'n reën klein klippies het deur die venster gekom
**Y algunas de las piedrecitas le golpearon en la cara**
en van die klippies het haar in die gesig getref
**Alicia se sorprendió por los guijarros**
Alice was verbaas oor die klippies
**Todos los guijarros se estaban convirtiendo en pasteles**
al die klein klippies het in koeke verander
**Y una idea brillante se le ocurrió**
en 'n blink idee het in haar kop opgekom
**"Debería comerme uno de estos pasteles"**
"Ek moet een van hierdie koeke eet"
**"El pastel seguramente hará algún cambio en mi tamaño"**
"Koek sal beslis 'n verandering in my grootte maak"
**Así que se tragó uno de los pasteles**
So sluk sy een van die koeke
**Y se alegró al descubrir que empezaba a encogerse**
en sy was verheug om te vind dat sy begin krimp het
**Pronto fue lo suficientemente pequeña como para pasar por la puerta**
Gou was sy klein genoeg om by die deur in te kom
**Salió corriendo de la casa**
Sy het uit die huis gehardloop
**Una multitud de animalitos y pájaros esperaban afuera**

'n skare diertjies en voëltjies het buite gewag
**todos los pajaritos y animales se abalanzaron sobre Alicia**
al die voëltjies en diertjies het na Alice gejaag
**Pero ella huyó lo más rápido que pudo**
maar sy het so vinnig as wat sy kon weggehardloop
**Y pronto se encontró a salvo en un espeso bosque**
en gou het sy haarself veilig in 'n digte bos bevind
**Alicia vagaba por el bosque**
Alice het in die bos rondgedwaal
**Y pensó para sí misma:**
en sy het by haarself gedink:
**"Sé lo que tengo que hacer primero"**
"Ek weet wat ek eerste moet doen"
**"Primero tengo que volver a crecer hasta el tamaño adecuado"**
"eers moet ek weer tot my regte grootte groei"
**"Y luego tengo que encontrar mi camino hacia ese hermoso jardín"**
"en dan moet ek my weg in daardie lieflike tuin vind"
**"Supongo que debería comer o beber una cosa u otra"**
"Ek veronderstel ek behoort iets of iets te eet of te drink"
**"Pero la pregunta es ¿qué debo comer o beber?"**
"maar die vraag is wat moet ek eet of drink?"
**Alicia miró a su alrededor las flores**
Alice kyk rondom haar na die blomme
**Y miró a través de las briznas de hierba**
en sy het deur die grasshalms gekyk
**pero no podía ver nada de comer ni de beber**
maar sy kon niks sien om te eet of te drink nie
**Nada parecía ser lo adecuado para comer o beber**
niks het gelyk na die regte ding om te eet of te drink nie
**Había un gran hongo creciendo cerca de ella**
Daar het 'n groot sampioen naby haar gegroei
**el hongo tenía aproximadamente la misma altura que Alicia**
die sampioen was omtrent dieselfde hoogte as Alice
**Se estiró de puntillas**
Sy het haarself op tone uitgestrek

**Y se asomó por el borde del hongo**
en sy loer oor die rand van die sampioen
**Sus ojos se encontraron inmediatamente con los ojos de una gran oruga azul**
Haar oë ontmoet dadelik die oë van 'n groot blou ruspe
**La oruga estaba sentada en la parte superior del hongo**
Die ruspe het bo-op die sampioen gesit
**y la oruga se había cruzado de brazos**
en die ruspe het al sy arms gekruis
**Y estaba fumando tranquilamente una larga cachimba**
en hy het rustig 'n lang waterpyp gerook
**y no hizo la menor atención a nada**
en hy het nie die geringste kennis geneem van enigiets nie
**y ciertamente no le prestó atención a Alicia**
en hy het beslis nie aandag aan Alice gegee nie

# Consejos de una oruga
Advies van 'n ruspe

**Por fin, la oruga se quitó la pipa de la boca**
Uiteindelik het die ruspe die waterpyp uit sy mond gehaal
**y se dirigió a Alicia con voz lánguida y soñolienta**
en hy het Alice met 'n traag, slaperige stem aangespreek
**—¿Quién eres? —preguntó la oruga**
"Wie is jy?" sê die ruspe

**Alicia respondió, con cierta timidez: "No lo sé, señor"**
Alice antwoord, taamlik skaam, "Ek weet skaars, meneer"
**"Justo en este momento está todo un poco..."**
"Net op die oomblik is dit alles 'n bietjie ..."
**"Sé quién era cuando me levanté esta mañana"**
"Ek weet wie ek was toe ek vanoggend opgestaan het""
**"pero creo que debo haber cambiado varias veces desde
entonces"**
"maar ek dink ek moes sedertdien verskeie kere verander het"
**—¿Qué quieres decir con eso? —dijo la oruga—**
"Wat bedoel jy daarmee?" sê die ruspe
**Con severidad, la oruga le pidió que se explicara**

streng het die ruspe haar gevra om haarself te verduidelik
**—Me temo que no puedo explicarme, señor —dijo Alicia—**
"Ek kan myself nie verduidelik nie, ek is bevrees, meneer," sê
Alice
**"porque no soy yo mismo"**
"omdat ek nie myself is nie"
**"Verás, tener tantos tamaños diferentes en un día es muy
confuso"**
"Jy sien, om soveel verskillende groottes op 'n dag te wees, is
baie verwarrend"
**Se incorporó y dijo muy gravemente:**
Sy het haarself opgetrek en baie ernstig gesê:
**"Creo que primero deberías decirme quién eres"**
"Ek dink jy moet my eers vertel wie jy is"
**"¿Por qué?", dijo la oruga**
"Hoekom?" sê die ruspe
**Alicia no se le ocurría ninguna buena razón**
Alice kon nie aan enige goeie rede dink nie
**Y la oruga parecía estar en un estado de ánimo muy
desagradable**
en dit lyk asof die ruspe in 'n baie onaangename
gemoedstoestand is
**Así que se dio la vuelta**
toe draai sy weg
**"¡Vuelve!", la oruga la llamó**
"Kom terug!" roep die ruspe agter haar aan
**"¡Tengo algo importante que decir!"**
"Ek het iets belangriks om te sê!"
**Alicia se dio la vuelta y volvió otra vez**
Alice draai om en kom weer terug
**—Mantén la calma —dijo la oruga—**
"Hou jou humeur," sê die ruspe
**-¿Eso es todo? -preguntó Alicia**
"Is dit al?" sê Alice
**Y se tragó su rabia lo mejor que pudo**
en sy sluk haar woede so goed as wat sy kon
**—No —dijo la oruga—**

"Nee," sê die ruspe
**La oruga desplegó sus brazos**
Die ruspe het sy arms oopgevou
**Y volvió a sacarse la pipa de la boca**
en hy het die waterpyp weer uit sy mond gehaal
**y él dijo: "Así que Ud. piensa que Ud. ha cambiado,
¿verdad?"**
en hy het gesê: "So jy dink jy is verander, of hoe?"
**—Me temo, he cambiado, señor —dijo Alicia—**
"Ek is bevrees, ek is verander, meneer," sê Alice
**"No puedo recordar las cosas como solía recordarlas"**
"Ek kan dinge nie onthou soos ek dit onthou het nie"
**"¡Y no me quedo del mismo tamaño por más de diez
minutos!"**
"en ek bly nie langer as tien minute dieselfde grootte nie!"
**"¿Qué tamaño quieres tener?", preguntó la oruga**
"Watter grootte wil jy wees?" vra die ruspe
**—Oh, no me importa especialmente el tamaño que tenga —
respondió Alicia apresuradamente—**
"O, ek gee nie juis om watter grootte ek is nie," antwoord Alice
haastig
**"Simplemente no me gusta cambiar de tamaño tan a
menudo, ya sabes"**
"Ek hou net nie daarvan om so gereeld van grootte te verander
nie, weet jy"
**"Me gustaría ser un poco más grande, señor"**
"Ek wil graag 'n bietjie groter wees, meneer"
**—Si no te importa —añadió Alicia—**
"as jy nie sou omgee nie," het Alice bygevoeg
**"Diez centímetros es una altura tan miserable para ser"**
"Tien sentimeter is so 'n ellendige hoogte om te wees"
**-¡Es una altura muy buena! -exclamó la oruga con rabia-**
"Dit is inderdaad 'n baie goeie hoogte!" sê die ruspe woedend
**Y se irguió mientras hablaba**
en hy het regop opgestaan terwyl hy gepraat het
**Medía exactamente diez centímetros de alto**
Hy was presies tien sentimeter hoog

**En uno o dos minutos, la oruga bajó del hongo**
Binne 'n minuut of twee het die ruspe van die sampioen afgeklim
**Y se arrastró por la hierba**
en hy kruip weg in die gras
**Al alejarse, hizo algunas pequeñas observaciones**
Toe hy weggaan, het hy 'n paar klein opmerkings gemaak
**"Un lado te hará crecer más alto"**
"Die een kant sal jou langer laat word"
**"Y el otro lado te hará acortar"**
"en die ander kant sal jou korter laat word"
**«¿Un lado de qué?», pensó Alicia para sí misma**
"Een kant van wat?" dink Alice by haarself
**—¿El otro lado de qué?**
"Die ander kant van wat?"
**—El costado del hongo —dijo la oruga—**
"Die kant van die sampioen," sê die ruspe
**Era como si hubiera hecho su pregunta en voz alta**
dit was asof sy haar vraag hardop gevra het
**Y en otro momento, se perdió de vista**
en in 'n ander oomblik was hy buite sig
**Alicia se quedó mirando pensativa el hongo**
Alice bly nadenkend na die sampioen kyk
**Estaba tratando de distinguir cuáles eran los dos lados del hongo**
Sy het probeer uitvind wat die twee kante van die sampioen was
**Por fin, estiró los brazos alrededor de la seta**
Uiteindelik strek sy haar arms om die sampioen
**Y rompió un poco los bordes**
en sy het 'n bietjie van die rande afgebreek
**"Y ahora, ¿qué lado es cuál?", se dijo a sí misma**
"En nou, watter kant is wat?" het sy vir haarself gesê
**Y mordisqueó un poco de la parte de la mano derecha**
en sy knibbel 'n bietjie van die regterkantse bietjie
**Al momento siguiente sintió un violento golpe debajo de la barbilla**

Die volgende oomblik voel sy 'n hewige hou onder haar ken

**¡Su barbilla había golpeado su pie!**

haar ken het haar voet getref!

**Estaba bastante asustada por este cambio tan repentino**

Sy was baie bang vir hierdie baie skielike verandering

**Se estaba encogiendo muy rápidamente**

sy het baie vinnig gekrimp

**Así que rápidamente se comió un poco del otro trozo de champiñón**

so sy het vinnig van die ander bietjie sampioen geëet

**Su barbilla estaba muy presionada contra su pie**

Haar ken was baie styf teen haar voet gedruk

**Apenas había espacio para abrir la boca**

daar was skaars plek om haar mond oop te maak

**Pero al fin logró abrir la boca**

maar sy het uiteindelik daarin geslaag om haar mond oop te maak

**Y tragó un bocado del pedazo de la mano izquierda**

en sy sluk 'n stukkie van die linkerhandse bietjie

**-¡Por fin me han liberado la cabeza! -exclamó Alicia-**

"my kop is uiteindelik bevry!" sê Alice

**Se miró a sí misma**

Sy kyk af na haarself

**Pero todo lo que podía ver era una inmensa longitud de cuello**

maar al wat sy kon sien, was 'n ontsaglike lengte nek

**Su cuello parecía elevarse como un tallo**

Dit lyk asof haar nek soos 'n steel styg

**Y miró hacia abajo sobre un mar de hojas verdes**

en sy kyk af oor 'n see van groen blare

**—¿A dónde han llegado mis hombros?**

"Waar het my skouers gekom?"

**"Y oh, mis pobres manos, ¿cómo es que no puedo verte?"**

"En o, my arme hande, hoe is dit dat ek jou nie kan sien nie?"

**Pero su cuello tenía un beneficio**

Maar haar nek het wel een voordeel gehad

**Podía mover la cabeza en cualquier dirección**

sy kon haar kop in enige rigting beweeg
**De hecho, era como una serpiente**
trouens, sy was net soos 'n slang
**Ella zigzagueó con gracia con la cabeza hacia abajo**
Sy sigsag haar kop grasieus af
**Y movió la cabeza entre los árboles**
en sy beweeg haar kop deur die bome
**Pero entonces oyó un silbido agudo**
maar toe hoor sy 'n skerp gesis
**Y rápidamente echó la cabeza hacia atrás**
en sy trek vinnig haar kop terug
**Una gran paloma había volado hacia su cara**
'n Groot duif het in haar gesig gevlieg
**y la paloma se agitó violentamente con sus alas**
en die duif was gewelddadig met sy vlerke

-¡Serpiente! -exclamó la paloma-
"Slang!" roep die duif
-¡No soy una serpiente! -exclamó Alicia indignada-
"Ek is nie 'n slang nie!" sê Alice verontwaardig
**"¡Déjame en paz!"**
"Los my uit!"
**"He probado las raíces de los árboles"**
"Ek het die wortels van bome probeer"
**—Y he probado setos —prosiguió la paloma—**
"en ek het heinings probeer," het die duif voortgegaan
**—¡Pero esas serpientes! ¡No hay forma de complacerlos!"**
"Maar daardie slange! Daar is geen behaag om hulle te behaag
nie!"
**Alicia estaba cada vez más desconcertada**
Alice was al hoe meer verbaas
**-Como si ya fuera bastante trabajo incubar los huevos -dijo
la paloma-**
"Asof dit nie genoeg moeite was om die eiers uit te broei nie,"
sê die duif
**—¡De noche y de día también tengo que estar atento a las
serpientes!**
"Nag en dag moet ek ook op die uitkyk wees vir slange!"
**"Acababa de encontrar el árbol más alto del bosque"**
"Ek het pas die hoogste boom in die bos gevind"
**—¿Estaría libre de serpientes aquí?**
"Ek sou sekerlik vry wees van slange hier?"
**"¡Y sale una serpiente del cielo!"**
"En daar kom 'n slang uit die lug!"
**-¡Pero yo no soy una serpiente, te lo aseguro! -dijo Alicia-**
"Maar ek is nie 'n slang nie, sê ek vir jou!" sê Alice
**"Soy un... Soy un... Soy una niña —añadió con cierta duda—**
"Ek is 'n ... Ek is 'n ... Ek is 'n dogtertjie," het sy nogal
twyfelagtig bygevoeg
**Después de todo, había estado pasando por muchos cambios**
Sy het immers deur baie veranderinge gegaan
**—Estás buscando huevos —dijo la paloma—**
"Jy soek eiers," sê die duif

**"Lo sé con certeza"**
"Ek weet dit vir 'n feit"
**—¿Y qué importa si eres una niña o una serpiente?**
"En wat maak dit saak of jy 'n dogtertjie of 'n slang is?"
**—A mí me importa mucho —dijo Alicia apresuradamente—**
"Dit maak baie saak vir my," sê Alice haastig
**"pero no estoy buscando huevos, como suele ser"**
"maar ek soek nie eiers nie, soos dit gebeur"
**"Y de todos modos no querría tus huevos"**
"en ek sal in elk geval nie jou eiers wil hê nie"
**"No me gustan los huevos crudos"**
"Ek hou nie van my eiers rou nie"
**-¡Pues váyase! -dijo la paloma en tono malhumorado-**
"Wel, gaan dan weg!" sê die duif op 'n nors toon
**Y la paloma se instaló de nuevo en su nido**
en die duif het weer in sy nes gaan sit
**Alicia se agachó entre los árboles lo mejor que pudo**
Alice hurk so goed as wat sy kan tussen die bome
**Su cuello no dejaba de enredarse entre las ramas**
haar nek het aanhoudend tussen die takke verstrengel geraak
**De vez en cuando tenía que detenerse y desenroscar el cuello**
Elke nou en dan moes sy stop en haar nek losdraai
**Al cabo de un rato se acordó de la seta**
Na 'n rukkie onthou sy die sampioen
**Todavía sostenía los trozos de hongo en sus manos**
Sy het nog steeds die stukkies sampioen in haar hande gehou
**Y se puso a trabajar con mucho cuidado**
en sy het baie versigtig aan die werk gegaan
**Primero mordisqueó una pieza**
Eers knibbel sy aan een stuk
**Y luego mordisqueó la otra pieza**
en toe knibbel sy aan die ander stuk
**A veces crecía**
Soms het sy langer geword
**y a veces se acortaba**
en soms het sy korter geword
**pero finalmente alcanzó su altura habitual**

maar uiteindelik het sy haar gewone lengte bereik
**Hacía tiempo que no era de su estatura**
sy was 'n geruime tyd nie haar eie lengte nie
**Así que todo se sintió extraño por un tiempo**
So alles het vir 'n rukkie vreemd gevoel
**"Lo siguiente que hay que hacer es entrar en ese hermoso jardín"**
"Die volgende ding om te doen is om in daardie pragtige tuin te kom"
**—¿Cómo se va a hacer eso, me pregunto?**
"hoe moet dit gedoen word, wonder ek?"
**Al decir esto, llegó a un lugar abierto**
Terwyl sy dit gesê het, het sy op 'n oop plek afgekom
**Había una casita, un poco más de un metro de altura**
daar was 'n huisie, 'n bietjie hoër as 'n meter
**"Me pregunto quién vive en esta casita"**
"Ek wonder wie in hierdie huisie woon"
**"Ciertamente no puedo entrar tan grande como soy"**
"Ek kan beslis nie so groot soos ek ingaan nie"
**—¡Los asustaría terriblemente!**
"Ek sal hulle verskriklik bang maak!"
**Así que volvió a mordisquear el pequeño champiñón**
so sy knibbel weer aan die klein sampioen
**Y pronto bajó treinta centímetros**
en gou het sy haarself dertig sentimeter afgebring

### Un cerdo y un poco de pimienta

'N en 'n bietjie peper

**Durante uno o dos minutos se quedó mirando la casa**

Vir 'n minuut of twee het sy na die huis gestaan en kyk

**De repente, un lacayo salió corriendo del bosque**

Skielik kom 'n lakei uit die bos aangehardloop

**Vestía un uniforme especial**

Hy het 'n spesiale leweringsuniform gedra

**A juzgar solo por su rostro, ella lo habría llamado pez**

Te oordeel aan sy gesig net, sou sy hom 'n vis genoem het

**Y golpeó fuertemente la puerta con los nudillos**

en hy klop hard aan die deur met sy kneukels

**La puerta fue abierta por otro lacayo**

Die deur is deur 'n ander lakei oopgemaak

**Este lacayo también llevaba una librea especial**

Hierdie lakei het ook 'n spesiale lewering gedra

**Este lacayo tenía una cara redonda y ojos grandes como los de una rana**

Hierdie lakei het 'n ronde gesig en groot oë soos 'n padda gehad

**El lacayo, que parecía un pez, inició la ceremonia**

Die lakei wat soos 'n vis gelyk het, het die seremonie begin

**Sacó algo de debajo de su brazo**
Hy trek iets onder sy arm uit
**Y sacó de debajo del brazo un sobre**
en hy het 'n koevert onder sy arm uitgehaal
**Y este sobre se lo entregó al otro lacayo**
en hierdie koevert het hy aan die ander lakei oorhandig
**En tono ceremonioso le comunicó las órdenes**
op 'n seremoniële toon het hy hom die bevele vertel
**"Este mensaje es para la duquesa"**
"Hierdie boodskap is vir die hertogin"
**"Una invitación de la reina a jugar al croquet"**
"'n Uitnodiging van die koningin om kroket te speel"
**El lacayo, que parecía una rana, repitió la orden**
Die lakei wat soos 'n padda gelyk het, het die bevel herhaal
**"De la Reina"**
"Van die koningin"
**"Una invitación"**
"'n uitnodiging"
**"para la duquesa"**
"vir die hertogin"
**"Jugar al croquet"**
"Speel kroket"
**Entonces ambos se inclinaron profundamente**
Toe buig hulle albei laag
**y los rizos de sus pelucas se enredaron**
en die krulle in hul pruike het aan mekaar verstrengel geraak
**Pronto el lacayo que parecía un pez se había ido**
Gou was die lakei wat soos 'n vis gelyk het, weg
**Pero el lacayo que parecía una rana todavía estaba allí**
maar die lakei wat soos 'n padda gelyk het, was nog steeds
daar
**Estaba sentado en el suelo, cerca de la puerta**
Hy het op die grond naby die deur gesit
**Estaba mirando estúpidamente al cielo**
hy staar dom in die lug op
**Alicia se acercó tímidamente a la puerta y llamó**
Alice het skugter na die deur gegaan en geklop

**—Es inútil llamar a la puerta —dijo el lacayo—**
"Daar is geen nut om te klop nie," sê die lakei
**"Y eso es por dos razones"**
"En dit is om twee redes"
**"Primero, porque estoy del mismo lado de la puerta que tú"**
"Eerstens, omdat ek aan dieselfde kant van die deur as jy is"
**"En segundo lugar, porque están haciendo mucho ruido dentro"**
"Tweedens, omdat hulle soveel geraas binne maak"
**"Nadie podría escucharte"**
"Niemand kon jou moontlik hoor nie"
**Y, ciertamente, había un ruido extraordinario en su interior**
En daar was beslis 'n buitengewone geraas aan die gang binne
**un aullido y estornudos constantes**
'n konstante gehuil en nies
**y de vez en cuando se oye un gran estruendo**
en elke nou en dan 'n geluid van groot gestamp
**como si un plato o una tetera se hubieran roto en pedazos**
asof 'n skottel of ketel in stukke gebreek is
**-¿Cómo voy a entrar? -preguntó Alicia**
"Hoe moet ek inkom?" vra Alice
**—¿Deberías entrar? —dijo el lacayo—**
"Moet jy enigsins inklim?" sê die lakei
**"Esa es la primera pregunta, ya sabes"**
"Dit is die eerste vraag, jy weet"
**Alicia abrió la puerta y entró**
Alice maak die deur oop en gaan in
**La puerta conducía directamente a una gran cocina**
Die deur lei reguit na 'n groot kombuis
**La cocina estaba llena de humo de un extremo a otro**
Die kombuis was vol rook van die een kant na die ander
**en medio de la cocina estaba la duquesa**
in die middel van die kombuis was die hertogin
**Estaba sentada en un taburete de tres patas**
Sy het op 'n driepootstoel gesit
**Y ella estaba amamantando a un bebé**
en sy het 'n baba geverpleeg

**El cocinero estaba inclinado sobre el fuego**
Die kok leun oor die vuur
**Estaba removiendo un gran caldero**
Hy het 'n groot ketel geroer
**y el caldero parecía estar lleno de sopa**
en dit lyk asof die ketel vol sop is
**"¡Ciertamente hay demasiada pimienta en esa sopa!" —se dijo Alicia**
"Daar is beslis te veel peper in daardie sop!" Sê Alice vir haarself
**Lo dijo lo mejor que pudo, sin estornudar**
Sy het dit so goed as moontlik gesê sonder om te nies
**Incluso la duquesa estornudaba de vez en cuando**
Selfs die hertogin het af en toe nies
**Pero las acciones del bebé fueron las más notables**
Maar die baba se optrede was die opmerklikste
**El bebé estornudaba y aullaba alternativamente**
Die baba nies en huil afwisselend
**No hubo un momento de pausa entre aullidos y estornudos**
daar was nie 'n oomblik se pouse tussen gehuil en nies nie
**Había dos criaturas en la cocina que no estornudaban**
Daar was twee wesens in die kombuis wat nie nies het
**El cocinero estaba demasiado ocupado para estornudar**
Die kok was te besig om te nies
**Y al gran gato no pareció importarle el pimiento**
en dit lyk asof die groot kat nie omgee vir die peper nie
**En cambio, el gran gato sonreía de oreja a oreja**
In plaas daarvan glimlag die groot kat van oor tot oor
**-Por favor, ¿podría decírmelo -dijo Alicia, un poco tímidamente-**
"Wil jy my asseblief vertel," sê Alice, 'n bietjie skugter
**"¿Por qué tu gato sonríe así?"**
"Hoekom glimlag jou kat so?"
**-Es un gato de Cheshire -dijo la duquesa-**
"Dit is 'n Cheshire-Cat," sê die hertogin
**"Y por eso está sonriendo de oreja a oreja"**
"En dit is hoekom hy van oor tot oor glimlag"

**"No sabía que un gato de Cheshire siempre sonreía"**
"Ek het nie geweet dat 'n Cheshire-Cat altyd glimlag nie"
**—De hecho, no sabía que los gatos podían sonreír —dijo Alicia—**
"Trouens, ek het nie geweet dat katte kan glimlag nie," het Alice gesê
**-Hay muchas cosas que no sabes -dijo la duquesa-**
"daar is baie wat jy nie weet nie," sê die hertogin
**"Hay muchas cosas que no sabes y eso es un hecho"**
"Daar is baie wat jy nie weet nie en dit is 'n feit"
**En ese momento, el cocinero retiró el caldero de sopa del fuego**
Net toe haal die kok die ketel sop van die vuur af
**Y en seguida se puso a tirar todo lo que estaba a su alcance**
en dadelik het sy alles binne haar bereik begin gooi
**arrojó todo lo que pudo a la duquesa y al bebé**
sy het alles wat sy kon na die hertogin en die baba gegooi
**Primero arrojó los hierros de fuego**
Eers het sy die vuurysters gegooi
**Luego tiró un puñado de cacerolas**
Toe gooi sy 'n handvol kastrolle
**y finalmente tiró los platos y las fuentes**
en uiteindelik gooi sy die borde en skottelgoed
**La duquesa no le hizo caso**
Die hertogin het geen kennis van haar geneem nie
**Incluso cuando fue golpeada por un plato, no se preocupó**
Selfs toe sy deur 'n bord getref is, was sy nie bekommerd nie
**El bebé ya estaba aullando tanto**
Die baba het al so baie gehuil
**Así que era imposible decir si los golpes lastimaban al bebé o no**
Dit was dus onmoontlik om te sê of die houe die baba seergemaak het of nie
**—¡Oh, por favor, ten cuidado con lo que estás haciendo! —exclamó Alicia—**
"O, let asseblief op wat jy doen!" roep Alice
**Y saltaba de un lado a otro en una agonía de terror**

en sy het op en af gespring in 'n pyn van vrees
**la duquesa le ofreció a Alicia el bebé**
die hertogin het Alice die baba aangebied
**"¡Aquí! ¡Puedes amamantar un poco al bebé, si quieres!"**
"Hier! Jy kan die baba 'n bietjie soog, as jy wil!"
**Y le arrojó al bebé mientras hablaba**
en sy gooi die baba na haar toe terwyl sy praat
**"Tengo que ir a prepararme para jugar al croquet con la reina"**
"Ek moet gaan en gereed maak om kroket met die koningin te speel"
**Y se apresuró a salir de la habitación**
en sy haastig uit die kamer
**Alicia atrapó al bebé con cierta dificultad**
Alice het die baba met moeite gevang
**porque era una criatura de forma muy extraña**
want dit was 'n baie vreemde klein wese
**Y el bebé extendió los brazos y las piernas en todas direcciones**
en die baba het sy arms en bene in alle rigtings uitgesteek
**«Será mejor que me lleve a este niño conmigo», pensó Alicia**
"Ek moet beter hierdie kind saamneem," dink Alice
**"Seguro que matarán a este bebé en uno o dos días"**
"Hulle sal sekerlik hierdie baba binne 'n dag of twee doodmaak"
**—¿No sería un asesinato dejar atrás a este bebé?**
"Sou dit nie moord wees om hierdie baba agter te laat nie?"
**Dijo las últimas palabras en voz alta**
Sy het die laaste woorde hardop gesê
**Y la cosita gruñó en respuesta**
en die klein dingetjie grom in antwoord
**—Será mejor que no te conviertas en un cerdo, querida — dijo Alicia—**
"Jy moet beter nie in 'n verander nie, my skat," sê Alice
**"o de lo contrario no tendré nada más que ver contigo"**
"anders het ek niks meer met jou te doen nie"
**Alicia empezaba a pensar para sí misma:**

Alice het net by haarself begin dink:
"**Ahora, ¿qué voy a hacer con esta criatura cuando la lleve a casa?**"
"Nou, wat moet ek met hierdie wese doen as ek dit by die huis kry?"
**Pero entonces la pequeña criatura gruñó un poco violentamente**
maar toe grom die klein wese 'n bietjie gewelddadig
**y Alicia lo miró a la cara con cierta alarma**
en Alice kyk in sy gesig af in 'n mate van ontsteltenis
**Esta vez no podía haber error al respecto**
Hierdie keer kon daar geen fout daaroor wees nie
**No era ni más ni menos que un cerdo**
dit was nie meer of minder as 'n nie
**Así que dejó a la pequeña criatura en el suelo**
toe sit sy die klein diertjie neer
**y la pequeña criatura se aleja trotando tranquilamente hacia el bosque**
en die klein wese draf stil weg in die bos
**Alicia se sintió bastante aliviada al ver que la criatura se iba**
Alice was baie verlig om die wese te sien gaan
**Alicia se sobresaltó un poco al ver al Gato de Cheshire**
Alice was 'n bietjie geskrik toe sy die Cheshire-Cat sien
**Estaba sentado en la rama de un árbol a pocos metros de distancia**
dit het op 'n tak van 'n boom 'n paar meter verder gesit
**El gato solo sonrió cuando la vio**
Die kat glimlag net toe hy haar sien
**—Gato de Cheshire —empezó Alicia, bastante tímidamente —**
"Cheshire-kat," begin Alice, nogal skugter
**—¿Podría decirme, por favor, qué camino debo tomar desde aquí?**
"Sal jy asseblief vir my sê watter kant toe ek van hier af moet gaan?"
**—En esa dirección —dijo el gato —**
"In daardie rigting," het die kat gesê

**Y agitó la pata derecha**
en dit waai die regterpoot rond
**"En esa dirección vive un fabricante de sombreros"**
"In daardie rigting woon 'n maker van hoede"
**Y entonces el gato agitó su otra pata**
en toe waai die kat sy ander poot
**"Y en esa dirección vive una liebre de marzo"**
"en in daardie rigting woon 'n maarthaas"
**"Visita a cualquiera de los que quieras; los dos están locos"**
"Besoek óf jy wil; hulle is albei kwaad"
**—Pero yo no quiero andar entre locos —comentó Alicia—**
"Maar ek wil nie tussen mal mense gaan nie," het Alice
opgemerk
**—Oh, no puedes evitarlo —dijo el Gato—**
"O, jy kan dit nie help nie," sê die kat
**"Aquí estamos todos locos"**
"Ons is almal mal hier"
**"¿Vas a jugar al croquet con la reina hoy?"**
"Speel jy vandag kroket met die koningin?"
**—Me gustaría mucho —dijo Alicia—**
"Ek wil baie graag," sê Alice
**"pero todavía no me han invitado"**
"maar ek is nog nie genooi nie"
**—Allí me verás —dijo el Gato—**
"Jy sal my daar sien," sê die kat
**Y de un momento a otro el gato desapareció**
en van die een oomblik na die volgende het die kat verdwyn
**pronto Alicia llegó a la vista de la casa de la liebre de marzo**
gou het Alice die huis van die maarthaas in sig gekry
**Era una casa muy grande**
Dit was 'n baie groot huis
**así que Alicia no quiso acercarse a la casa**
so Alice wou nie naby die huis gaan nie
**Primero tuvo que mordisquear un poco más del trozo de
champiñón del lado izquierdo**
Eers moes sy nog 'n bietjie van die linkerkant sampioen
knibbel

## Una fiesta de té loca
'n mal teepartytjie

**Delante de la casa había un árbol**
Voor die huis was daar 'n boom
**y debajo del árbol había una mesa**
en onder die boom was daar 'n tafel
**y la mesa estaba puesta con toda clase de cubiertos**
en die tafel was gedek met allerhande eetgerei
**La Liebre de Marzo y el Sombrerero estaban sentados a la mesa**
Die Maarthaas en die hoedemaker was aan tafel
**y juntos estaban tomando el té**
en saam het hulle tee gedrink
**Un lirón estaba sentado entre ellos**
'n slaapmuis het tussen hulle gesit
**y el lirón se durmió profundamente**
en die slaapmuis was vas aan die slaap
**La mesa era de un tamaño extraordinario**
Die tafel was van buitengewone grootte
**Pero la mayor parte de la mesa estaba desocupada**
maar die grootste deel van die tafel was onbeset
**Se sentaron apiñados en una esquina de la mesa**
Hulle het saamgedrom by die een hoek van die tafel gesit
**y, sin embargo, se excusaban cuando veían a Alicia**
en tog het hulle verskonings gemaak toe hulle Alice sien
**"¡No hay espacio! ¡No hay lugar!", gritaron**
"Geen plek nie! Geen plek nie!" het hulle uitgeroep
**-¡Hay sitio de sobra! -exclamó Alicia indignada-**
"Daar is genoeg plek!" sê Alice verontwaardig
**En un extremo de la mesa había un gran sillón**
Aan die een kant van die tafel was daar 'n groot leunstoel
**y Alicia se sentó en el sillón**
en Alice sit haarself in die leunstoel
**El sombrerero abrió mucho los ojos**
Die hoedemaker het sy oë baie wyd oopgemaak
**No podía creer lo que estaba viendo**
Hy kon nie glo wat hy sien nie

**Pero su mente tenía curiosidad por otras cosas**
maar sy gedagtes was nuuskierig oor ander dinge
—¿Por qué un cuervo es como un escritorio?
"Waarom is 'n raaf soos 'n skryftafel?"
**Alicia estaba abierta al reto**
Alice was oop vir die uitdaging
"Me alegro de que hayan empezado a hacer adivinanzas"
"Ek is bly hulle het raaisels begin vra"
—Creo que puedo adivinarlo —añadió en voz alta—
"Ek glo ek kan dit raai," het sy hardop bygevoeg
**La liebre de marzo sintió curiosidad por Alicia**
Die marshaas het nuuskierig geword oor Alice
"¿De verdad crees que puedes encontrar la respuesta?"
"Dink jy regtig jy kan die antwoord vind?"
—Creo que puedo encontrar la respuesta —dijo Alicia—
"Ek dink ek kan inderdaad die antwoord vind," sê Alice
—Entonces deberías decir lo que quieres decir —prosiguió la
liebre de la marcha—
"Dan moet jy sê wat jy bedoel," het die marshaas voortgegaan
—Digo lo que quiero decir —respondió Alicia
apresuradamente—
"Ek sê wat ek bedoel," antwoord Alice haastig
"por lo menos quiero decir lo que digo"
"ten minste bedoel ek wat ek sê"
"Es lo mismo, ¿sabes?"
"Dit is dieselfde ding, jy weet"
**El lirón también contribuyó a la conversación**
Die slaapmuis het ook bygedra tot die gesprek
**Pero el lirón parecía estar hablando en sueños**
maar dit lyk asof die slaapmuis in sy slaap praat
"Respiro cuando duermo"
"Ek haal asem as ek slaap"
"¡Duermo cuando respiro!"
"Ek slaap as ek asemhaal!"
"Bien podría decirse que también son lo mismo"
"Jy kan net sowel sê hulle is ook dieselfde"
-A ti te pasa lo mismo -dijo el sombrerero-

"Dit is dieselfde ding met jou," sê die hoedemaker
**Y echó un poco de té en la nariz del lirón**
en hy gooi 'n bietjie tee op die slaapmuis se neus
**El Lirón sacudió la cabeza con impaciencia**
Die slaapmuis skud ongeduldig sy kop
**Y volvió a hablar el Lirón, sin abrir los ojos**
en weer het die slaapmuis gepraat, sonder om sy oë oop te
maak
**"Por supuesto, por supuesto que es lo mismo"**
"Natuurlik is dit dieselfde"
**"eso es justo lo que iba a decir yo mismo"**
"dit is net wat ek self gaan sê"

**El sombrerero se volvió hacia Alicia y le hizo otra pregunta**
Die hoedemaker draai na Alice en vra nog 'n vraag
**—¿Ya has adivinado el enigma?**
"Het jy al die raaisel geraai?"
**—No, me rindo —concedió Alicia—**
"Nee, ek gee moed op," het Alice toegegee
**"¿Cuál es la respuesta?", quiso saber**
"Wat is die antwoord?" wou sy weet

—No tengo la menor idea —dijo el sombrerero—
"Ek het nie die geringste idee nie," sê die hoedemaker
-Ni yo lo sé -dijo la liebre-
"Ek weet ook nie," sê die marshaas
Alicia dio un suspiro de cansancio
Alice sug moeë
"Hay mejores usos del tiempo que los enigmas sin respuestas"
"Daar is beter gebruike van tyd as raaisels sonder antwoorde"
-¡Toma un poco más de té! -dijo la liebre a Alicia, muy seriamente-
"Drink nog 'n bietjie tee," sê die marshaas vir Alice, baie ernstig
Alicia se sintió bastante ofendida por la oferta
Alice was nogal beledig deur die aanbod
—Todavía no he tomado el té —respondió Alicia—
"Ek het nog nie tee gedrink nie," antwoord Alice
"por lo tanto, no puedo tomar más té"
"daarom kan ek nie meer tee drink nie"
—Quieres decir que no puedes tomar menos té —dijo el sombrerero—
"Jy bedoel jy kan nie minder tee drink nie," sê die hoedemaker
"Es muy fácil llevarse más que nada"
"Dit is baie maklik om meer as niks te neem nie"
Al oír esto, Alicia se levantó y se marchó
Hierop het Alice opgestaan en weggestap
El lirón se durmió al instante
Die slaapmuis het onmiddellik aan die slaap geraak
y ninguno de los otros hizo la menor atención de que ella se fuera
en nie een van die ander het die minste kennis geneem van haar vertrek nie
aunque miró hacia atrás una o dos veces
alhoewel sy een of twee keer teruggekyk het
Intentaban meter el lirón en la tetera
Hulle het probeer om die slaapmuis in die teepot te sit
-De todos modos, ¡no volveré a ir allí! -dijo Alicia-

"Ek sal in elk geval nooit weer soontoe gaan nie!" sê Alice

**Y ella caminó su camino a través del bosque**

en sy het haar pad deur die bos gestap

**"Esa fue la fiesta del té más estúpida a la que he ido en mi vida"**

"dit was die domste teepartytjie waarby ek nog ooit was"

**Justo cuando dijo esto, notó algo**

Net toe sy dit sê, het sy iets opgemerk

**Uno de los árboles tenía una puerta que daba directamente a él**

een van die bome het 'n deur gehad wat reg daarin gelei het

**"¡Eso es muy interesante!", pensó**

"Dis baie interessant!" het sy gedink

**"Creo que es mejor que pase por la puerta"**

"Ek dink ek kan net sowel deur die deur gaan"

**Y entró por la puerta**

En deur die deur het sy gegaan

**Una vez más se encontró en el largo pasillo**

Weereens bevind sy haarself in die lang saal

**De nuevo estaba cerca de la mesita de cristal**

Weer was sy naby die klein glastafeltjie

**Ella tomó la pequeña llave de oro**

Sy het die klein goue sleutel geneem

**Y abrió la puerta que daba al jardín**

en sy het die deur oopgesluit wat na die tuin gelei het

**Luego se puso manos a la obra mordisqueando el hongo**

Toe begin sy aan die werk om aan die sampioen te peusel

**Había guardado un trozo de la seta en el bolsillo**

Sy het 'n stukkie van die sampioen in haar sak gehou

**Y, por último, medía alrededor de un metro de altura**

en uiteindelik was sy omtrent 'n meter lank

**Luego caminó por el pequeño pasillo**

toe stap sy in die gangjie af

**Y entonces finalmente se encontró en el hermoso jardín**

en toe bevind sy haarself uiteindelik in die pragtige tuin

**y ella estaba entre la flor brillante y las fuentes frescas**

en sy was tussen die helder blom en die koel fonteine

**El campo de croquet de la reina**
Die koningin se kroketgrond
**Un gran rosal se alzaba cerca de la entrada del jardín**
'n Groot roosboom het naby die ingang van die tuin gestaan
**Las rosas que crecían en el árbol eran blancas**
Die rose wat aan die boom gegroei het, was wit
**Pero había tres jardineros pintando la rosa**
Maar daar was drie tuiniers wat die roos geverf het
**Estaban ocupados pintando las rosas de rojo**
Hulle was besig om die rose rooi te verf
**y Alicia los miraba pintar las rosas de rojo**
en Alice kyk hoe hulle die rose rooi verf
**y de repente sus ojos se posaron por casualidad en Alicia**
en skielik val hul oë toevallig op Alice
**Alicia habló un poco tímidamente**
Alice praat 'n bietjie skugter
**—¿Podría decírmelo, por favor?**
"Sal jy my asseblief vertel;"
**"¿Por qué están pintando todas esas rosas?"**
"Hoekom skilder julle almal daardie rose?"
**Cinco y siete no dijeron nada, pero miraron a dos**
vyf en sewe het niks gesê nie, maar na twee gekyk
**Dos hablaron, en voz baja**
Twee het met 'n lae stem gepraat
**"Vaya, el hecho es que ya lo ve, señora"**
"Hoekom, die feit is, jy sien, mevrou"
**"Esto de aquí debería haber sido un rosal rojo"**
"Dit hier moes 'n rooi roosboom gewees het"
**"Y pusimos un rosal blanco por error"**
"en ons het per ongeluk 'n wit roosboom ingesit"
**"Como estarás de acuerdo, la Reina no debe enterarse"**
"Soos jy sou saamstem, moet die koningin nie uitvind nie"
**"De lo contrario, nos cortarían la cabeza a todos"**
"anders sou ons almal ons koppe afgekap hê"
**"Así que ya ve, señora, estamos haciendo lo mejor que podemos"**
"So jy sien, mevrou, ons doen ons bes"

**La Carta Cinco había estado mirando ansiosamente a través del jardín**
Kaart vyf het angstig oor die tuin gekyk
**En ese momento, la carta cinco gritó: "¡La reina! ¡La reina!"**
Op hierdie oomblik het kaart vyf uitgeroep: "Die koningin! Die koningin!"
**Y los tres jardineros se escabulleron al instante**
en die drie tuiniers skarrel onmiddellik weg
**Y se arrojaron de bruces**
en hulle het hulself plat op hul gesigte gegooi
**Se oyó el sonido de muchos pasos**
Daar was 'n geluid van baie voetstappe
**Alicia miró a su alrededor, ansiosa por ver a la reina**
Alice kyk rond, gretig om die koningin te sien
**Al comienzo de la procesión había diez soldados**
Aan die begin van die optog was tien soldate
**Sus manos y pies estaban en las esquinas**
hul hande en voete was in die hoeke
**y en sus manos y pies había garrotes**
en in hulle hande en voete was knuppels
**Luego vinieron los diez cortesanos**
Daarna het die tien hofdienaars gekom
**Los cortesanos estaban adornados con diamantes**
die hofdienaars was oraloor versier met diamante
**Después de los cortesanos venían los hijos reales**
Na die hofdienaars het die koninklike kinders gekom
**Eran diez los hijos de la realeza**
Daar was tien van die koninklike kinders
**y todos los niños reales estaban adornados con corazones**
en al die koninklike kinders was versier met harte
**Luego vinieron los invitados; en su mayoría reyes y reinas**
Volgende het die gaste gekom; meestal konings en koninginne
**y entre los reyes y la reina, Alicia vio a alguien**
en tussen die konings en koningin Alice het iemand gesien
**Volvió a ver al conejo blanco que había perseguido**
Sy sien weer die wit haas wat sy gejaag het
**La procesión fue seguida por la sota de los corazones**

Die optog is gevolg deur die knav of harte
**Llevaba la corona del rey**
Hy het die koning se kroon gedra
**y la corona del rey estaba sobre un cojín de terciopelo carmesí**
en die koning se kroon was op 'n bloedrooi fluweelkussing
**Y entonces llegó el final de esta gran procesión**
en toe kom die einde van hierdie groot optog
**Y allí, al final, estaban el Rey y la Reina de Corazones**
en daar aan die einde was die koning en koningin van harte
**la procesión venía frente a Alicia**
die optog het teenoor Alice gekom
**Y todos se detuvieron y la miraron**
en hulle het almal gestop en na haar gekyk
**Y la reina dijo severamente: "¿Quién es éste?"**
en die koningin sê ernstig: "Wie is dit?"
**Se lo dijo a la Sota de Corazones**
Sy het dit vir die Knave of Hearts gesê
**Pero él se limitó a hacer una reverencia y a sonreír en respuesta**
maar hy het net gebuig en geglimlag in antwoord
**Alicia habló muy cortésmente**
Alice het baie beleefd gepraat
**"Mi nombre es Alicia, así que por favor, su majestad"**
"My naam is Alice, so asseblief u majesteit"
**Pero ella tenía otros pensamientos para sí misma**
maar sy het ander gedagtes vir haarself gehad
**"¡Después de todo, son solo un mazo de cartas!"**
"Hulle is tog net 'n pak kaarte!"
**"¿Sabes jugar al croquet?", gritó la reina**
"Kan jy kroket speel?" skree die koningin
**Era evidente que la pregunta iba dirigida a Alicia**
Die vraag was klaarblyklik vir Alice bedoel
**-¡Sí! -dijo Alicia en voz alta-**
"Ja!" sê Alice hard
**—¡Ven a jugar! —rugió la reina—**
"Kom speel dan!" brul die koningin

**una voz tímida le habló a Alicia**
'n skugter stem het met Alice gepraat
**"¡Es un día muy hermoso!"**
"Dit is 'n baie mooi dag!"
**Caminaba junto al conejo blanco**
Sy het by die wit haas geloop
**y el Conejo Blanco la miraba ansiosamente a la cara**
en die Wit Konyn loer angstig in haar gesig
**—Un día muy bueno —confirmó Alicia—**
"'n baie mooi dag inderdaad," bevestig Alice
**—¿Dónde está la duquesa?**
"Waar is die hertogin?"
**"¡Silencio! ¡Silencio!", dijo el Conejo**
"Stil! Stil!" sê die haas
**"Está condenada a muerte"**
"Sy is onder teregstellingsvonnis"
**—¿Por qué la ejecutan? —preguntó Alicia**
"Waarvoor word sy tereggestel?" vra Alice
**—Le ha rayado las orejas a la reina —empezó a decir el conejo—**
"Sy het die koningin se ore geskuur," het die haas begin
**—gritó la Reina con voz de trueno—**
Die koningin skree met 'n stem van donderweer
**"¡Vayan a sus lugares!"**
"Kom na jou plekke!"
**Y la gente empezó a correr en todas direcciones**
en mense het in alle rigtings begin rondhardloop
**y todos tropezaron unos con otros**
en hulle het almal teen mekaar getuimel
**Sin embargo, se calmaron en uno o dos minutos**
Hulle het egter binne 'n minuut of twee gevestig
**Y entonces comenzó el juego**
En toe begin die speletjie
**Alicia nunca había visto un campo de croquet tan curioso**
Alice het nog nooit so 'n eienaardige kroketgrond gesien nie
**La hierba era todo crestas y surcos**
die gras was almal rante en vore

**Las bolas de croquet eran erizos de verdad**
Die kroketballe was regte krimpvarkies
**y los mazos eran flamencos de verdad**
en die hamers was regte flaminke
**Y los soldados se pusieron de pie sobre sus manos y sus pies**
en die soldate het op hul hande en voete gestaan
**porque los arcos estaban hechos de sus cuerpos**
omdat die boë van hul liggame gemaak is
**Todos los jugadores jugaron a la vez**
Die spelers het almal gelyktydig gespeel
**Nadie esperó su turno**
niemand het gewag vir hul beurte nie
**y todos se peleaban con todos**
en almal het met almal getwis
**y todos luchaban por los erizos**
en almal het vir die krimpvarkies geveg
**Pronto la reina se vio presa de una furiosa pasión**
Gou was die koningin in 'n woedende passie
**Y empezó a patalear y a gritar**
en sy begin rondstamp en skree
**"¡Córtale la cabeza!"**
"Kap sy kop af!"
**"¡Córtale la cabeza!"**
"Kap haar kop af!"
**"¡Córtale la cabeza a todos!"**
"Kap al hul koppe af!"
**De nuevo Alicia pensó para sí misma**
Weer dink Alice by haarself
**"Son terriblemente aficionados a decapitar a la gente aquí"**
"Hulle is vreeslik lief daarvoor om mense hier te onthoof"
**"¡La gran maravilla es que quede alguien vivo!"**
"Die groot wonder is dat daar iemand oor is!"
**Buscaba alguna vía de escape**
Sy het rondgekyk na 'n manier om te ontsnap
**Notó una curiosa apariencia en el aire**
Sy het 'n nuuskierige voorkoms in die lug opgemerk
**«Es el gato de Cheshire», se dijo a sí misma**

"Dit is die Cheshire-kat," sê sy vir haarself
**"Ahora tendré a alguien con quien hablar"**
"nou sal ek iemand hê om mee te praat"
**—¿Cómo te va? —preguntó el gato**
"Hoe gaan dit met jou?" sê die kat
**—No creo que jueguen nada limpio —dijo Alicia—**
"Ek dink glad nie hulle speel regverdig nie," het Alice gesê
**Y tenía un tono bastante quejumbroso**
en sy het 'n taamlik klaende toon gehad
**"Todos se pelean tan terriblemente"**
"Hulle stry almal so verskriklik"
**"Uno no se oye hablar"**
"'n mens kan jouself nie hoor praat nie"
**"Y no parecen jugar con ninguna regla"**
"en dit lyk asof hulle nie volgens enige reëls speel nie"
**el gato le hizo una pregunta a Alicia en voz baja**
die kat het Alice 'n vraag met 'n lae stem gevra
**—¿Qué te parece la reina?**
"Hoe hou jy van die koningin?"
**—No me gusta nada —dijo Alicia—**
"Ek hou glad nie van haar nie," sê Alice

**Alicia pensó que sería mejor que volviera**
Alice het gedink sy kan net sowel teruggaan
**Quería ver cómo iba el partido**
Sy wou sien hoe die wedstryd verloop
**Se fue en busca de su erizo**
Sy het na haar krimpvarkie gaan soek
**El erizo estaba ocupado luchando contra otro erizo**
Die krimpvarkie was besig om teen 'n ander krimpvarkie te veg
**Esta fue una excelente oportunidad**
Dit was 'n uitstekende geleentheid
**Podía hacer croquet a un erizo con el otro**
sy kon die een krimpvarkie met die ander kroket
**Pero su flamenco estaba al otro lado del jardín**
maar haar flamink was aan die ander kant van die tuin
**El flamenco era bastante torpe**
Die flamink was taamlik lomp
**Su flamenco intentaba volar hacia un árbol**
Haar flamink het probeer om in 'n boom op te vlieg
**Atrapó al flamenco por la pierna**
Sy het die flamink aan die been gevang
**Y guardó el flamenco bajo el brazo**
en sy het die flamink onder haar arm weggesteek
**De esa manera, el flamenco no pudo escapar de nuevo**
Op hierdie manier kon die flamink nie weer ontsnap nie
**Justo en ese momento Alicia se encontró con la duquesa**
Net toe het Alice toevallig die hertogin ontmoet
**La duquesa ya había salido de la cárcel**
Die hertogin was nou uit die tronk
**Metió cariñosamente su brazo bajo el brazo de Alicia**
Sy steek haar arm liefdevol onder Alice se arm
**Y luego se fueron juntos**
en toe stap hulle saam weg
**Alicia se alegró mucho de encontrarla de tan buen humor**
Alice was baie bly om haar in so 'n aangename humeur te vind
**Sin embargo, estaba un poco asustada**
Sy was egter 'n bietjie geskrik

**Oyó la voz de la duquesa cerca de su oído**
Sy hoor die stem van die hertogin naby haar oor
**"Estás pensando en algo, querida"**
"Jy dink aan iets, my skat"
**"Y eso hace que te olvides de hablar"**
"En dit laat jou vergeet om te praat"
**—El juego va bastante mejor ahora —dijo Alicia—**
"Die wedstryd gaan nou nogal beter aan," het Alice gesê
**Era una forma de mantener la conversación**
dit was een manier om die gesprek aan die gang te hou
**-Así es -dijo la duquesa-**
"Dit is inderdaad so," sê die hertogin
**"Y la moraleja de eso es esta:"**
"En die moraal daarvan is dit:"
**"¡Es el amor el que lo hace todo!"**
"Dit is liefde wat alles doen!"
**"El amor es lo que hace que el mundo gire"**
"Liefde is wat die wêreld laat rondgaan"
**Alicia tenía otra explicación**
Alice het 'n ander verduideliking gehad
**"¡Lo hace todo el mundo ocupándose de sus propios
asuntos!"**
"Dit word gedoen deur almal wat hom met sy eie sake
bemoei!"
**—¡Ah, bueno! Podrías tener razón"**
"Ag, wel! Jy kan reg wees"
**-Todo significa lo mismo -dijo la duquesa-**
"Dit beteken alles baie dieselfde," het die hertogin gesê
**y hundió su afilada barbilla en el hombro de Alicia**
en sy grawe haar skerp ken in Alice se skouer
**"Y la moraleja de eso es esta"**
"en die moraal daarvan is dit"
**"Cuida el sentido"**
"Sorg vir die sin"
**"Y entonces los sonidos se encargarán de sí mismos"**
"En dan sal die klanke vir hulself sorg"
**Pero entonces el brazo de la duquesa empezó a temblar**

Maar toe begin die hertogin se arm bewe
**Alicia alzó la vista y allí estaba la reina**
Alice kyk op en daar staan die koningin
**La reina tenía los brazos cruzados**
Die koningin het haar arms gevou
**¡Y ella fruncía el ceño como una tormenta eléctrica!**
en sy frons soos 'n donderstorm!
**—Te advierto —gritó la reina—**
"Ek gee jou regverdige waarskuwing," skree die koningin
**Y pisoteó el suelo mientras hablaba**
en sy stamp op die grond terwyl sy praat
**"O tu cabeza o la suya deben estar cortadas"**
"óf jou kop óf haar kop moet af wees"
**"¡Toma tu decisión!"**
"Neem jou keuse!"
**"Y ser rápido al respecto"**
"en wees vinnig daaroor"
**La duquesa hizo su elección**
Die hertogin het haar keuse gemaak
**Y al cabo de un instante la duquesa se fue**
en binne 'n oomblik was die hertogin weg
**Entonces la reina le habló a Alicia**
Toe praat die koningin met Alice
**"Sigamos con el juego"**
"Kom ons gaan voort met die spel"
**Alicia estaba demasiado asustada para decir una palabra**
Alice was te bang om 'n woord te sê
**Y la siguió lentamente hasta el campo de croquet**
en sy het haar stadig terug na die kroketgrond gevolg
**Todo el tiempo la Reina se peleó con los otros jugadores**
Die hele tyd het die koningin met die ander spelers gestry
**"¡Córtale la cabeza!"**
"Kap sy kop af!"
**"¡Córtale la cabeza!"**
"Kap haar kop af!"
**"¡Córtale la cabeza a todos!"**
"Kap al hul koppe af!"

**Pronto todos los jugadores estaban bajo custodia**
Gou was al die spelers in aanhouding
**solo quedaron el rey, la reina y Alicia**
net die koning, die koningin en Alice het oorgebly
**Entonces la reina se marchó, casi sin aliento**
Toe vertrek die koningin, heeltemal uitasem
**y se fue con Alicia**
en sy het saam met Alice weggestap
**Alicia oyó que el rey decía algo en voz baja**
Alice hoor die koning saggies iets sê
**"Estáis todos perdonados"**
"Julle is almal vergewe"
**Pero de repente se oyó otro grito**
maar skielik is daar nog 'n kreet gehoor
**"¡El juicio está comenzando!"**
"Die verhoor begin!"
**y Alicia corrió con los demás**
en Alice het saam met die ander gehardloop

## ¿Quién robó las tartas?
### Wie het die terte gesteel?

**El rey y la reina de corazones estaban sentados**
Die koning en koningin van harte het gesit
**estaban en su trono cuando llegó Alicia**
hulle was op hul troon toe Alice daar aankom
**Había una gran multitud reunida a su alrededor**
Daar was 'n groot skare rondom hulle bymekaargekom
**Había todo tipo de pajaritos y bestias**
daar was allerhande voëltjies en diere
**Y allí estaba toda la baraja de cartas**
en daar was die hele pak kaarte
**La sota estaba de pie frente a ellos, encadenada**
Die knave het voor hulle gestaan, in kettings
**y había un soldado a cada lado para custodiarlo**
en daar was 'n soldaat aan elke kant om hom te bewaak
**cerca del Rey estaba el conejo blanco**
naby die koning was die wit haas
**Tenía una trompeta en una mano**
hy het 'n trompet in een hand gehad
**y tenía un rollo de pergamino en la otra mano**
en hy het 'n boekrol perkament in die ander hand gehad
**En el centro del patio había una mesa**
In die middel van die hof was 'n tafel
**Sobre la mesa había un gran plato de tartas**
op die tafel was 'n groot skottel terte
**«Ojalá hicieran el juicio», pensó Alicia**
"Ek wens hulle sal die verhoor gedoen kry," dink Alice
**—¡Entonces podríamos comer algunos de esos refrescos!**
"Dan kan ons van daardie verversings eet!"

**El juez, por cierto, era el rey**
Die regter was terloops die koning
**y llevaba su corona sobre su gran peluca**
en hy het sy kroon oor sy groot pruik gedra
**«Ésa es la tribuna del jurado», pensó Alicia**
"Dit is die jurie-boks," dink Alice
**"Y esas doce criaturas, supongo que son los miembros del jurado"**
"en daardie twaalf wesens, ek veronderstel hulle is die jurielede"
**algunos eran animales y otros eran pájaros**
sommige was diere, en sommige was voëls
**En ese momento el conejo blanco gritó**
Net toe roep die wit haas uit
**"¡Silencio en la corte!"**
"Stilte in die hof!"
**"¡Heraldo, lee la acusación!", dijo el rey**

"Heraut, lees die beskuldiging!" sê die koning
**El Conejo Blanco tocó tres veces la trompeta**
Die wit haas blaas drie ontploffings op die trompet
**Luego desenrolló el rollo de pergamino**
toe rol hy die perkamentrol uit
**Y leyó lo siguiente:**
en hy het soos volg gelees:
**"La reina de corazones, hizo unas tartas"**
"Die koningin van harte, sy het 'n paar terte gemaak,"
**"Todo esto lo hizo en un día de verano"**
"Dit alles het sy op 'n somersdag gedoen"
**"La sota de los corazones, robó esas tartas"**
"Die knave van harte, hy het daardie terte gesteel"
**—¡Y se llevó esas tartas muy lejos!**
"En hy het daardie terte ver weggeneem!"
**—Llama al primer testigo —dijo el rey—**
"Roep die eerste getuie," sê die koning
**y el conejo blanco tocó tres veces la trompeta**
en die wit haas blaas drie stote op die trompet
**"¡Traigan al primer testigo!", gritó**
"Bring die eerste getuie!" het hy uitgeroep
**El primer testigo fue el sombrerero**
Die eerste getuie was die hoedemaker
**Entró con una taza de té en una mano**
Hy het ingekom met 'n teekoppie in die een hand
**Y tenía un pedazo de pan con mantequilla en la otra mano**
en hy het 'n stukkie brood en botter in die ander hand gehad
**—Tendrías que haber terminado —dijo el rey—**
"Jy moes klaar gewees het," sê die koning
**—¿Cuándo empezaste?**
"Wanneer het jy begin?"
**El sombrerero miró a la liebre de marcha**
Die hoedemaker kyk na die marshaas
**La Liebre de Marzo lo había seguido hasta el patio**
Die March Hare het hom in die hof gevolg
**Había caminado del brazo del lirón**
Hy het arm aan arm met die slaapmuis geloop

—El catorce de marzo, creo que fue —dijo—
"Veertiende Maart, ek dink dit was," het hy gesê
—Da tu testimonio —dijo el rey—
"Lewer jou getuienis," sê die koning
**"Y no te pongas nervioso, o te haré ejecutar en el acto"**
"en moenie senuweeagtig wees nie, of ek sal jou ter plaatse
laat teregstel"
**Esto no pareció animar en absoluto al testigo**
Dit het blykbaar glad nie die getuienis aangemoedig nie
**Seguía moviéndose de un pie al otro**
hy het aanhoudend van die een voet na die ander geskuif
**Y miró inquieto a la reina**
en hy kyk ongemaklik na die koningin
**Y, en su confusión, mordió un gran trozo de su taza de té**
en in sy verwarring het hy 'n groot stuk uit sy teekoppie gebyt
**En realidad, tenía la intención de morder de su pan y
mantequilla**
regtig was hy van plan om uit sy brood en botter te byt
**Justo en ese momento, Alicia sintió una sensación muy
curiosa**
Net op hierdie oomblik het Alice 'n baie nuuskierige sensasie
gevoel
**Empezaba a crecer de nuevo**
sy het weer groter begin word
**Al miserable sombrerero se le cayó la taza de té**
Die ellendige hoedemaker het sy teekoppie laat val
**y el pan y la mantequilla cayeron al suelo**
en die brood en botter het op die grond geval
**Y cayó sobre una rodilla**
en hy het op een knie neergegaan
—**Soy un pobre hombre, majestad** —comenzó—
"Ek is 'n arm man, u majesteit," het hy begin
—**Eres un orador muy malo** —dijo el rey—
"Jy is 'n baie swak spreker," sê die koning
—**Puedes irte** —dijo el rey—
"Jy mag gaan," sê die koning
**Y el sombrerero abandonó apresuradamente el patio**

en die hoedemaker het haastig die hof verlaat
**—¡Llama al próximo testigo! —dijo el rey—**
"Roep die volgende getuie!" sê die koning
**El siguiente testigo fue el cocinero de la duquesa**
Die volgende getuie was die hertogin se kok
**Llevaba la caja de pimienta en la mano**
Sy het die peperboks in haar hand gedra
**Y la gente que estaba cerca de la puerta empezó a estornudar de repente**
en die mense naby die deur het dadelik begin nies
**—Da tu testimonio —dijo el rey—**
"Lewer jou getuienis," sê die koning
**-No daré ninguna prueba -dijo el cocinero-**
"Ek sal geen getuienis lewer nie," sê die kok
**El rey miró ansiosamente al conejo blanco**
Die koning kyk angstig na die wit haas
**Y el conejo blanco habló en voz baja**
en die wit haas het met 'n stil stem gepraat
**"Su Majestad debe interrogar a este testigo"**
"U majesteit moet hierdie getuie kruisondervra"
**"Bueno, si debo, debo", dijo el rey**
"Wel, as ek moet, moet ek," het die koning gesê
**"¿De qué están hechas las tartas?"**
"Waarvan word terte gemaak?"
**—Las tartas están hechas de pimienta, en su mayoría —dijo el cocinero—**
"Terte word meestal van peper gemaak," sê die kok
**Durante algunos minutos, toda la corte estuvo en confusión**
Vir 'n paar minute was die hele hof in verwarring
**Con el tiempo, todos se calmaron de nuevo**
Uiteindelik het hulle almal weer gaan sit
**Pero para entonces el cocinero había desaparecido**
maar teen daardie tyd het die kok verdwyn
**"¡No importa!", dijo el rey**
"Maak nie saak nie!" sê die koning
**"Llamar al estrado al próximo testigo"**
"roep die volgende getuie na die tribune"

**Alicia observó al conejo blanco mientras él repasaba a tientas la lista**
Alice kyk na die wit haas terwyl hy oor die lys vroetel
**Puedes imaginar su sorpresa por lo que escuchó a continuación**
Jy kan jou haar verbasing voorstel oor wat sy volgende gehoor het
**con su vocecita estridente, llamó el nombre de «¡Alicia!»**
bo-op sy skril stemmetjie roep hy die naam "Alice!"

## La evidencia de Alicia

Alice se getuienis

**-¡Aquí! -exclamó Alicia-**

"Hier!" roep Alice

**Se levantó de un salto a toda prisa**

Sy spring haastig op

**Y volcó el estrado del jurado**

en sy het die jurie-boks omgegooi

**y derribó a todos los miembros del jurado**

en sy het al die jurielede omgestamp

**y cayeron sobre las cabezas de la muchedumbre de abajo**

en hulle het op die koppe van die skare onder geval

**Alicia estaba muy consternada**

Alice was in groot ontsteltenis

**"¡Oh, le ruego que me perdone!", exclamó**

"O, ek smeek jou vergewe!" het sy uitgeroep

**—El juicio no puede continuar —dijo el rey—**

"Die verhoor kan nie voortgaan nie," sê die koning

**"Los miembros del jurado deben volver a ocupar su lugar"**

"Die jurielede moet weer op hul regte plekke kom"

**Repitió la orden con gran énfasis**

Hy herhaal die bevel met groot klem

**y miró a Alicia con severidad**

en hy kyk streng na Alice

**—¿Qué sabe usted de estos acontecimientos? —preguntó el rey a Alicia**

"Wat weet jy van hierdie gebeure?" vra die koning vir Alice

**—No sé nada sobre el tema —dijo Alicia—**

"Ek weet niks oor die onderwerp nie," sê Alice

**Entonces el rey leyó de su libro**

Die koning het toe uit sy boek gelees

**"Regla cuarenta y dos"**

"Reël twee-en-veertig"

**"Todas las personas que tengan más de una milla de altura deben abandonar el tribunal"**

"Alle persone wat meer as 'n kilometer hoog is, moet die hof verlaat"

**—No mido ni una milla de altura —dijo Alicia—**
"Ek is nie 'n myl hoog nie," sê Alice
**—Casi dos millas de altura —dijo la Reina—**
"Byna twee myl hoog," sê die koningin

**—Bueno, me niego a ir —dijo Alicia—**
"Wel, ek weier om te gaan," sê Alice
**El rey palideció**
Die koning het bleek geword
**Y cerró apresuradamente su cuaderno de notas**
en hy het sy notaboek haastig gesluit
**"Consideren su veredicto", le dijo al jurado**
"Oorweeg jou uitspraak," het hy aan die jurie gesê
**Habló en voz baja y temblorosa**
Hy het met 'n lae, bewende stem gepraat
**Entonces habló el conejo blanco**
Toe praat die wit haas
**"Todavía hay más pruebas por venir"**
"Daar is nog meer bewyse om te kom"
**Y se levantó de un salto a toda prisa**
en hy het in 'n groot haas opgespring

**"Este papel acaba de ser recogido"**
"Hierdie vraestel is pas opgetel"
**"Parece ser una carta escrita por el prisionero"**
"Dit lyk asof dit 'n brief is wat deur die gevangene geskryf is"
**Desdobló el papel mientras hablaba**
Hy het die papier oopgevou terwyl hy gepraat het
**"Al fin y al cabo, no es una carta"**
"Dit is tog nie 'n brief nie"
**"Lo que era era un conjunto de versos"**
"Wat dit was, was 'n stel verse"
**—Por favor, majestad —dijo el bribón—**
"Asseblief, u majesteit," sê die knave
**"Yo no escribí esos versos"**
"Ek het nie daardie verse geskryf nie"
**"y no pueden probar que yo escribí nada"**
"en hulle kan nie bewys dat ek iets geskryf het nie"
**"No hay ningún nombre firmado al final"**
"Daar is geen naam aan die einde onderteken nie"
**El rey le habló a la sota**
Die koning het met die knawe gepraat
**"Debes haber tenido la intención de causar algún daño"**
"Jy moes bedoel het om onheil te veroorsaak"
**"De lo contrario, habrías firmado con tu nombre como un hombre honrado"**
"anders sou jy jou naam soos 'n eerlike man geteken het"
**Hubo un aplauso general**
Daar was 'n algemene handgeklap
**Y el rey se volvió hacia el conejo blanco**
en die koning draai na die wit haas
**—Lee los versos —ordenó—**
"Lees die verse," beveel hy
**Hubo un silencio sepulcral en la corte**
Daar was doodstilte in die hof
**Y el conejo blanco leyó los versos**
en die wit haas het die verse voorgelees
**Me dijeron que habías estado con ella**
Hulle het vir my gesê jy was by haar

**Y me mencionaron a él**
En hulle het my vir hom genoem
**Ella me dio un buen carácter**
Sy het my 'n goeie karakter gegee
**Pero ella dijo que yo no sabía nadar**
Maar sy het gesê ek kan nie swem nie
**Les mandó decir que yo no había ido**
Hy het vir hulle 'n boodskap gestuur dat ek nie gegaan het nie
**Sabemos que es verdad**
Ons weet dit is waar
**Si ella insistiera en el asunto, ¿qué sería de ti?**
As sy die saak sou voortsit, wat sou van jou word?
**Yo le di uno, ellos le dieron dos**
Ek het vir haar een gegee, hulle het vir hom twee gegee
**Nos diste tres o más**
Jy het vir ons drie of meer gegee
**Todos volvieron de él a ti**
Hulle het almal van hom na jou teruggekeer
**aunque antes eran míos**
hoewel hulle voorheen myne was
**Si yo o ella tuviéramos la oportunidad de serlo**
As ek of sy die kans sou hê om te wees
**Si yo o ella estuviéramos involucrados en este asunto**
As ek of sy by hierdie saak betrokke was
**Él confía en ti para liberarlos**
Hy vertrou op jou om hulle vry te maak
**Exactamente como estábamos**
Presies soos ons was
**Mi idea era que tú habías sido**
My idee was dat jy was
**Antes de que ella tuviera este ataque**
Voordat sy hierdie aanval gehad het
**Un obstáculo que se interpuso entre**
'n Struikelblok wat tussenin gekom het
**A Él, y a nosotros mismos, y a**
Hy, en onsself, en dit
**No le dejes saber que a ella le gustaban más**

Moenie hom laat weet sy hou die beste van hulle nie
**Porque esto debe ser para siempre un secreto, guardado de todos los demás**
Want dit moet vir ewig 'n geheim wees, bewaar vir al die ander
**Este secreto debe seguir siendo un secreto entre tú y yo**
Hierdie geheim moet 'n geheim tussen jou en my bly
**El rey quedó muy impresionado**
Die koning was baie beïndruk
**"Esa es la prueba más importante que hemos escuchado hasta ahora"**
"Dit is die belangrikste bewysstuk wat ons nog gehoor het"
**—No creo que esos versos tengan un átomo de significado — objetó Alicia—**
"Ek glo nie daardie verse het 'n atoom van betekenis nie," het Alice beswaar gemaak
**el rey tenía su propia opinión al respecto**
die koning het sy eie mening oor die saak gehad
**"Si no hay significado en esas palabras, eso salva un mundo de problemas"**
"As daar geen betekenis in daardie woorde is nie, red dit 'n wêreld van moeilikheid"
**"Entonces no necesitamos tratar de encontrar el significado"**
"dan hoef ons nie die betekenis te probeer vind nie"
**"Que el jurado considere su veredicto"**
"Laat die jurie hul uitspraak oorweeg"
**-¡No, no! -dijo la reina-**
"Nee, nee!" sê die koningin
**"Primero la sentencia y después el veredicto"**
"Vonnisoplegging eers - uitspraak daarna"
**-¡Tonterías y tonterías! -exclamó Alicia en voz alta-**
"Goed en nonsens!" sê Alice hardop
**"¡Qué tontería es sentenciar al acusado primero!"**
"Hoe dom is dit om die beskuldigde eerste te vonnis!"

—¡Cállate la lengua! —dijo la reina, poniéndose morada—

"Hou jou mond!" sê die koningin en word pers

-¡No me callaré! -exclamó Alicia-

"Ek sal nie my mond hou nie!" sê Alice

—gritó la Reina a voz en cuello—

Die koningin skree op die top van haar stem

"¡Córtale la cabeza!"

"Kap haar kop af!"

**Nadie hizo un movimiento**

Niemand het 'n beweging gemaak nie

-¿A quién le importa lo que digas? -dijo Alicia-

"Wie gee om wat jy sê?" sê Alice

**Para entonces ya había crecido hasta alcanzar su tamaño completo**

sy het teen hierdie tyd tot haar volle grootte gegroei

**"¡No eres más que un mazo de cartas!"**

"Jy is niks anders as 'n pak kaarte nie!"

**Al oír esto, todas las cartas se alzaron en el aire**

Hierop het al die kaarte in die lug opgestyg

**Y todas las cartas cayeron volando sobre ella**

en al die kaarte het op haar neergevlieg
**Ella dio un pequeño grito**
Sy gee 'n bietjie gil
**Estaba medio asustada, pero también enojada**
Sy was half bang, maar ook kwaad
**Y trató de quitarse las cartas de encima**
en sy het probeer om die kaarte van haarself af te veg
**Y entonces se encontró tendida en el banco de hierba**
en toe lê sy op die grasbank
**Su cabeza estaba en el regazo de su hermana**
haar kop was in die skoot van haar suster
**Algunas hojas muertas habían caído en su cara**
'n paar dooie blare het op haar gesig beland
**Y su hermana estaba cepillando suavemente las hojas**
en haar suster was besig om die blare saggies weg te borsel
**-¡Despierta, querida Alicia! -dijo su hermana-**
"Word wakker, Alice!" sê haar suster
**—¡Qué sueño tan largo has tenido!**
"Wat 'n lang slaap het jy gehad!"
**-¡Oh, he tenido un sueño tan curioso! -exclamó Alicia-**
"O, ek het so 'n eienaardige droom gehad!" sê Alice
**Y le contó a su hermana todo lo que podía recordar**
En sy het haar suster alles vertel wat sy kon onthou
**todas las extrañas aventuras sobre las que acabas de leer**
Al die vreemde avonture waaroor jy pas gelees het
**Alicia se levantó y salió corriendo**
Alice het opgestaan en weggehardloop
**Y pensó, mientras corría, en su sueño**
en sy het gedink, terwyl sy gehardloop het, oor haar droom
**—¡Qué sueño tan maravilloso había sido!**
"Wat 'n wonderlike droom was dit nie!"

www.ingramcontent.com/pod-product-compliance
Lightning Source LLC
Chambersburg PA
CBHW011048190726
48290CB00011B/3065